Gips oder Wie ich an einem
einzigen Tag die Welt reparierte

Anna Woltz, 1981 in London geboren, wuchs in Den Haag auf, sie studierte Geschichte in Leiden und arbeitet seither als Autorin und Journalistin. In den Niederlanden und Deutschland sind ihre Bücher bereits vielfach ausgezeichnet worden, u.a. mit dem katholischen Kinder- und Jugendbuchpreis, dem Luchs des Monats, dem silbernen und goldenen Griffel. Inzwischen sind bereits vier Bücher von ihr bei Carlsen erschienen.

Anna Woltz

GIPS

oder

Wie ich an einem einzigen Tag die Welt reparierte

Aus dem Niederländischen von Andrea Kluitmann

CARLSEN

Außerdem von Anna Woltz im Carlsen Verlag lieferbar:
Für immer Alaska
Hundert Stunden Nacht
Meine wunderbar seltsame Woche mit Tess

MIX
Papier aus verantwortungsvollen Quellen
FSC® C083411

Veröffentlicht im Carlsen Verlag
März 2019

Originalverlag: Em. Querido`s Uitgeverij B.V., Amsterdam
Originaltitel: Gips

Umschlaggestaltung: formlabor
Umschlagfotografie: Shutterstock/noolwlee/
Carlos Caetano/TanjaJovicic
Corporate Design Taschenbuch: bell étage
ISBN: 978-3-551-31754-4

Für meine Schwester,
Doktor Sarah

1

Blut, Spinnen, Feuer speiende Vulkane, küssende Eltern – ich mache nie die Augen zu. Ich will alles sehen. Nur jetzt nicht.

Überall um mich rum stehen Umzugskartons. Ich sitze auf dem Boden und halte eine Metallkiste in den Händen. Die Fächer sind mit Nägeln, Schrauben und Bolzen gefüllt. Viel glänzendes Silber, aber im hintersten Fach liegt Gold.

Ein Ring.

Ich schaue mir den schmalen Reif zwischen all den Nägeln an und kneife die Augen fest zu. Als ich zwei war, konnte ich verschwinden, wenn ich mir die Hände vors Gesicht hielt. Aber ich bin schon seit drei Wochen zwölf.

Ich mache die Augen wieder auf, denn von der Dunkelheit wird mir übel. Schnell nehme ich den Ring aus der Kiste. Ich streiche mir die langen Haare aus dem Gesicht und stehe auf.

In Papas neuer Wohnung ist noch nichts ausgepackt, außer dem neuen Fernseher. Das trifft sich gut, denn das Ding läuft lauter, als mein Gehirn denken will. Ich setze mich auf die Fensterbank und schaue raus. Die Bäume sind hier genauso kahl wie in Mamas Straße.

Die Autos voller Raureif sind kleiner und haben mehr Dellen. Eine Frau, die jetzt also Papas neue Nachbarin ist, schlittert über den Gehweg. Sie trägt eine rote Mütze und hält einen Eiskratzer in der Hand.

Aus dem Fernsehen verkündet eine donnernde Stimme, dass es schneien wird. Lange Staus und Schneeballschlachten werden vorhergesagt. Ich schaue zu der Nachbarin, die die Windschutzscheibe ihres Autos frei kratzt, und spüre die warme Heizung an meinen Beinen.

Ich will nicht, dass Papa und Bente zurückkommen, und trotzdem warte ich auf sie. Der Ehering in meiner Hand fühlt sich kalt an. Im grauen Licht von draußen lasse ich die Innenseite aufblitzen.

Für immer J + S ist da hineingraviert.

Vor küssenden Eltern braucht man keine Angst zu haben. Eltern werden erst gefährlich, wenn sie sich nicht mehr küssen.

Endlich sehe ich Papa und Bente in die Straße einbiegen. Mein Vater radelt langsam und atmet weiße Wölkchen aus. Er wurde schon mit zerzausten Haaren geboren und so sind sie immer geblieben. Bei uns zu Hause hieß es, Mama habe sich erst in seine komischen Haare verliebt und danach in den Rest.

Bente sitzt auf dem Gepäckträger, aber nicht mit dem Gesicht nach vorn. Sie schaut auf die Straße, die hinter ihr liegt, und hält einen riesigen Schlitten in den Armen. Ihre Hände sind ganz rot vor Kälte, weil ihre Fäustlinge noch bei Mama liegen.

Ich dachte, hinter dem Fenster in der ersten Etage wäre ich unsichtbar, aber plötzlich fängt mein Vater an zu winken. Echt wahr, dieser Mann kann sich nicht mal eine halbe Stunde lang merken, dass er sauer ist. Aus seinem Mund steigen extra große Wölkchen und sein ganzes Gesicht lacht. Er zeigt auf den Schlitten, hebt den Daumen und winkt noch einmal.

Und dann rutschen sie weg.

Es passiert so schnell, dass ich sie fast nicht fallen sehe. Im einen Moment fahren sie noch, im nächsten liegen sie beide auf dem Boden. Papa landet auf dem Lenker und Bente fällt auf den Schlitten. Den Schlitten, den sie noch immer im Arm hält.

Zwei Herzschläge später ist es ganz still. Die Nachbarin hat mit dem Kratzen aufgehört, ich klemme die Finger um den goldenen Ring – und dann fängt Bente an zu kreischen.

Natürlich habe ich sofort vergessen, dass ich nicht nach draußen darf. Ich reiße die Tür auf und stürme die steile Treppe hinunter. Sobald ich die Haustür aufziehe, höre ich Bente wieder. In meinem viel zu dünnen Pullover renne ich auf die Straße. Die Luft ist knisterkalt und beißt mir in die Nase. Sogar aus der Entfernung kann ich das Blut sehen.

Papa kniet neben meiner Schwester und die neue Nachbarin steht auch schon da. Bente krallt die Finger ihrer linken Hand um ihr rechtes Handgelenk. Ihre rechte Hand ist die, aus der das viele Blut kommt.

Ich bleibe stehen und fühle mich schummrig.

Die Kuppe ihres Ringfingers ist verschwunden. Der Finger hört viel zu früh auf. Und da, wo eben noch die Fingerkuppe war, ist jetzt Blut. Irrsinnig, furchterregend viel Blut.

»Wir müssen ins Krankenhaus«, sagt Papa. Er schaut sich nervös um, als hoffe er, hier in der Straße plötzlich ein Krankenhaus zu entdecken.

»Mama soll kommen!«, brüllt Bente.

Papa ist blass. »Wir rufen sie gleich an. Aber erst müssen wir …« Er schaut sich wieder um. »Sie hat das Auto …«

»Ich fahre euch«, sagt die Nachbarin ruhig.

Ich weiß, dass ich Blut sehen kann, aber das hier ist Blut, das ich kenne. Der zu kurze Finger macht mich ganz schwindlig. Während ich die Zähne zusammenbeiße, lasse ich den Blick über das Straßenpflaster gleiten. Da liegt das Fahrrad, flach auf dem Boden. Da liegt der Schlitten mit seinen messerscharfen Kufen. Und da …

»Ich sehe die Fingerkuppe!«

Bente ist sofort still. Papa sieht aus, als würde er jeden Moment in Ohnmacht fallen, und die neue Nachbarin bewegt sich nicht mehr. Zu viert starren wir auf Bentes Fingerkuppe, die dort ganz allein auf der Straße liegt. Auf meinem Hinterkopf spüre ich eine Gänsehaut und auch in meinem Nacken und auf dem Rücken. Trotzdem gehe ich darauf zu. Es ist eine Art Fleischmützchen aus weißer Haut mit blutrotem Futter. An der Vorderseite ist kein Schirm, sondern ein Stück Nagel.

»Warte«, sagt die Nachbarin. »Ich hole eine Tüte.«

Während sie zu ihrer Haustür schlittert, schaue ich mir die Fingerkuppe weiterhin an und schüttele mich ganz leicht. Es fühlt sich an, als müsse ich sie bewachen. Igitt, igitt, igitt, wiederhole ich immer wieder in Gedanken – sonst geht es nicht.

Später werde ich Ärztin, das weiß ich schon, seit ich sieben bin. Aber Ärzte haben Regeln und eine dieser Regeln lautet, dass sie niemals jemanden aus ihrer eigenen Familie operieren dürfen. Ich verstehe jetzt genau, warum.

Bente weint mit langen Schluchzern. In ihrer blauen Winterjacke ist ein Riss und immer mehr Blut tropft auf die Straße. Papa hat einen Arm um sie gelegt und weiß nicht, was er sagen soll.

»Soll ich Mama anrufen?«, frage ich, denn meine Mutter weiß immer genau, was sie sagen muss. Sogar beim Schirmgespräch hat sie jeden Satz beendet und ganz klar und deutlich gesprochen, als stünde sie vor einem Saal voller Leute.

Das Schirmgespräch fand am zweiten Weihnachtstag statt und natürlich habe ich mir den Namen nicht ausgedacht. So wird es in *Glücklich verheiratet, glücklich getrennt* genannt. Dieses Buch liegt jetzt schon seit einer Woche auf unserem Küchentisch.

Beim Schirmgespräch erzählen die Eltern den Kindern gemeinsam, dass sie sich trennen werden. Dass sie es zwar supertoll fanden, eine Familie zu sein, jetzt aber wirklich lieber wieder allein sein wollen. Pech für die Kinder, aber da kann man nix machen. Die neue

Wohnung für Papa ist schon gemietet. Die Wochenpläne sind fertig.

In *Glücklich verheiratet, glücklich getrennt* steht nicht, dass das Schirmgespräch am zweiten Weihnachtstag stattfinden soll. Das hatten sich meine Eltern ganz allein ausgedacht. Ich dachte, wir würden an diesem Nachmittag zusammen *Mensch ärgere Dich nicht* spielen. Aber das stimmte nicht.

Die Nachbarin kommt zurück. Sie reicht meinem Vater ein rot kariertes Geschirrtuch und zieht sich den Klarsichtbeutel über die Hand. Mit Daumen und Zeigefinger hebt sie Bentes Fingerkuppe von der Straße auf.

»Soll ich Eiswürfel holen?«, frage ich. »Damit sie nicht verdirbt?«

Ich bekomme keine Antwort. Die Nachbarin verknotet den Plastikbeutel und Papa steht noch immer mit dem Geschirrtuch in den Händen da. Reglos starrt er auf den blutenden Finger. Wenn er Arzt wäre, dürfte er Bente also nicht behandeln. Aber er macht Möbel und für Tischler gibt es keine Regeln über Wunden.

»Nun mach schon!«, rufe ich. »Was glaubst du, was Mama sagt, wenn du Bente hier verbluten lässt?«

Ich sehe, dass er Angst hat. Seine Hände zittern fast so schlimm wie die von Bente. Die Nachbarin seufzt. Ohne mich anzusehen, reicht sie mir den Plastikbeutel mit dem rot gefütterten Mützchen. Dann kniet sie sich neben Bente und nimmt Papa das Geschirrtuch aus den

Händen. Vorsichtig und trotzdem energisch wickelt sie das Tuch um den blutenden Finger.

»Hochhalten«, sagt sie. »Schaffst du das? Du musst die Hand höher halten als dein Herz. Dann blutet es weniger.«

Mir ist eiskalt und ich finde das hier wirklich vollkommen lächerlich. Dass eine Frau, die ich vor einer halben Stunde zum ersten Mal gesehen habe, jetzt meine Schwester rettet.

»Gehen wir?«, frage ich ungeduldig.

Jetzt, da Bentes Finger in dem Geschirrtuch steckt und das Mützchen in der Plastiktüte, guckt Papa mich zum ersten Mal wieder an. Ich sehe, wie sich sein Gesicht verändert. Gerade eben noch war er ein Vater, der keine Ahnung hatte. Jetzt ist er ein Vater, der genau weiß, was zu tun ist.

»Du bleibst hier.«

»Natürlich nicht«, sage ich sofort. »Ich komme mit zur Notaufnahme!«

Papa steht auf. »Glaubst du wirklich, dass ich dich mit ins Krankenhaus nehme, so wie du aussiehst?«

Er zeigt auf meinen Kopf und ich habe das Gefühl, als würde ich die letzte Treppenstufe verpassen. Durch Bentes Unfall hatte ich das ganz vergessen. Mein Gesicht.

Nun schaut mich auch die neue Nachbarin an. Sie liest die Wörter auf meiner Stirn und auf meinen Wangen und ich sehe, dass sich ihre Augen ein wenig weiten.

»Ich wasch es ab«, sage ich schnell. »Ich lass Bente nicht allein!«

Aber Papa schüttelt den Kopf. »Keine Zeit.«

So hat er mich noch nie angesehen. Als wäre es ihm egal, wie ich mich fühle.

»Aber Papa!«, rufe ich. »Ich muss doch …«

»Du bist selbst schuld.« Vorsichtig hebt er Bente vom Boden auf. »Geht's?«, fragt er sie.

Ich fange an zu weinen.

Jetzt weiß ich es sicher. Wir gehören nicht mehr zusammen.

2

Ich weine fast nie. Ich bin keine Anstellerin und alle meine Opas und Omas leben noch.

Aber jetzt kann ich nicht anders, denn auf einmal weiß ich es. Es kommt mir vor, als würde mich jemand langsam mit einer Winde hochziehen. Erst sehe ich nur Papa und die Nachbarin, Bente und mich selbst und das Blut auf der Straße. Aber dann schwebe ich noch höher und dann sehe ich alles.

Wie es ab jetzt sein wird:

Dass wir uns ohne einander verletzen.

Sonntags, montags und dienstags muss Mama uns ins Krankenhaus bringen.

Am Donnerstag, Freitag und Samstag geht Papa mit uns hin.

Und mittwochs sollte uns besser nichts passieren, denn das müssen sie erst noch regeln.

Stell dir nur mal vor, du hast Kinder, dann muss sich JEDEN TAG jemand um sie kümmern.

»Hör auf mit dem Geflenne!«, ruft Papa mir zu. »Geh rein. Sobald wir mehr wissen, ruf ich dich aus dem Krankenhaus an.«

»Aber dann bin ich ganz alleine!«, brülle ich. Meine

Schultern zucken und Tränen laufen mir in den Ausschnitt. »Da drinnen ist nichts. Ich kann da nur sitzen und warten. Ich muss einfach dabei sein, wenn Bentes Fingerkuppe wieder angenäht wird!«

Die Nachbarin stemmt die Arme in die Hüften und schaut meinen Vater streng an.

»Du bist zwar neu hier, aber in dieser Straße sind wir nett zu unglücklichen Kindern.« Sie winkt mich zu sich. »Komm mit, Heulsuse.« Sie geht zu ihrer Haustür, ohne sich noch einmal umzusehen. Ich weiß nicht weshalb, aber ich schlittere hinter ihr her.

Drinnen riecht es nach Krapfen und alten Katzen. Ich warte im Flur, während ich sie oben rumpoltern höre.

»Guck mal!« Sie kommt die Treppe wieder runter. »Die ist für dich.«

Sie reicht mir einen grinsenden Tigerkopf aus bunter Pappe. An den Seiten wurden zwei Gummibänder befestigt und statt Augen sind zwei Löcher hineingestanzt. Ich will die Maske sofort wieder zurückgeben, weil ich mich überhaupt nicht gern verkleide. Aber dann stelle ich mir vor stundenlang allein zwischen den Umzugskartons hocken zu müssen, den Fernseher auf voller Lautstärke.

Ohne etwas zu sagen, wische ich mir die Wangen ab und hake die Gummibänder hinter die Ohren. Die Welt ist sofort um einiges kleiner. Die runden Löcher befinden sich nicht genau an den richtigen Stellen und immer wieder atme ich meinen eigenen Atem ein.

»Großartig«, sagt die Nachbarin zufrieden.

Das Krankenhaus hat einen besonderen Eingang für uns. NOTAUFNAHME steht über den gläsernen Schiebetüren.

»Vielleicht findest du ja einen netten Arzt für mich«, ruft die Nachbarin beim Aussteigen. »Und pass auf die Fingerkuppe auf!«

Ich halte die Plastiktüte gut fest, während Papa Bente aus dem Auto hilft. Ihr Gesicht ist weiß und sie zittert wie eines dieser Mini-Hündchen, das manche Frauen in der Handtasche mit sich rumtragen. Sie will selbst gehen, aber nach drei Schritten bleibt sie stehen und fängt an zu schwanken. Papa hebt sie schnell hoch.

»Ist Mama schon da?«, fragt sie heiser. »Wo ist Mama?«

Nicht hier, denke ich. Als Papa sie gerade eben anrief, rannte sie eine Runde durch den Park. Meine Mutter hat zwölf Jahre und zehn Monate keinen Gedanken daran verschwendet, für einen Marathon zu trainieren, aber heute hat sie wieder mit dem Laufen angefangen.

Ich denke an die Worte auf meinem Gesicht und ich bereue nichts.

Auf dem Gehweg vor dem Krankenhaus ist Sand gestreut, damit die Kranken nicht auch noch ausrutschen. Ich friere in meinem dünnen Pulli. Von all den Leuten hier bin ich die Einzige, die wie tot wirkt. Wegen der Maske steigen aus meinem Mund keine weißen Wölkchen.

»Papa ...«, sagt Bente. Sie klingt eine ganze Ecke jünger als neun. »Wie wird der Finger eigentlich wieder angenäht?«

»Mit Nadel und Faden natürlich«, sage ich.

»Aber schlafe ich dann? Oder sehe ich, wie sie nähen?«

Ich beiße mir auf die Lippen und gebe keine Antwort. Ich will Ärztin werden, aber ich weiß noch überhaupt nichts.

Während Papa versucht etwas über das Annähen von Fingerkuppen zu sagen, ohne zu verraten, dass auch er keinen blassen Schimmer hat, beobachte ich die Menschen, die aus dem Krankenhaus kommen. Durch meine runden Tigeraugen sehe ich eine humpelnde Frau mit einem riesigen Pflaster auf der Nase und einen Jungen mit zwei eingegipsten Armen. Ich wünschte, auf ihrer Stirn stünde, was mit ihnen passiert ist. Wie sie sich verletzt haben. Wie lange sie hier bleiben mussten und was genau die Ärzte gemacht haben.

Die Notaufnahme fängt nicht mit lauter so netten Geschäften an wie der Flughafen. Hier ist fast nichts. Nur ein kahler Gang, eine Art Empfangsschalter mit dickem Glas davor und ein Mann mit einem Ziegenbärtchen, der wissen will, was passiert ist.

Während ich den Plastikbeutel hochhalte, erzählt Papa mit seiner Erwachsenenstimme von dem Unfall. Der Mann mit dem Ziegenbart schaut erst auf meine Maske, dann auf Bentes Fingerkuppe. Er verzieht keine Miene.

»Haben Sie den Personalausweis Ihrer Tochter dabei?«

»Äh«, sagt Papa. »Meine Frau … ich meine, meine Ex…« Er räuspert sich. »*Ihre Mutter*, meine ich, die hat die Personalausweise.«

Ich schaue auf den Boden. Er ist aus gelblichem Linoleum, einer Farbe, die sich bestimmt mit Blut beißt.

»Eine Krankenversicherungskarte vielleicht?«, fragt der Mann.

Papa seufzt. »Auch bei ihrer Mutter. Tut mir leid. Sie ist auf dem Weg hierher und bringt bestimmt alles mit. Einschließlich Freischwimmerzeugnis, Bibliothekskarte, Rabattkarte und Schnürsenkeldiplom.«

Der Mann lacht nicht. »Der Name Ihrer Tochter?«

»Bente Sofieke Nieuwenhuis.«

»Geburtsdatum?«

»Dritter Februar ...«

»*Mama* hat am dritten Februar Geburtstag«, sage ich. Ich schaue hoch und plötzlich bin ich genauso wütend auf ihn wie auf sie. Es mag ja sein, dass es ihre Idee war, aber ER hat schließlich nichts dagegen unternommen. Er hat einfach weiter Betten gebaut und sich die Haare zerzaust. Und auch wenn einem diese Wuschelhaare erst so gut gefallen haben, irgendwann hat man mal genug von einem schweigenden Kopf voller Beize und Sägespäne. Das begreife sogar ich.

»Entschuldige«, sage ich zu meinem Vater. »Ich meine natürlich deine *Ex*. Deine Ex hat am dritten Februar Geburtstag. Bente am achten.«

Papa schaut auf die Tigermaske mit den schwarzgelben Streifen und den Löchern als Augen. Montag, wenn ich wieder zur Schule muss, setze ich diese Maske einfach auch auf. Dann kann ich alles sagen und es ist egal, wie ich dabei schaue.

3

»Bente Nieuwenhuis!«

Ein Arzt mit dunklen Locken steht im Türrahmen des Wartezimmers. Noch nie im Leben war ich so froh, dass jemand Bentes Namen sagt. Wir sitzen nämlich schon seit siebenundvierzig Minuten hier und warten.

Die Wände hier sind kahl, die Stühle sind am Fußboden festgeschraubt. Und auf diesen Stühlen sitzen dreiundzwanzig Menschen schwitzend und schweigend. Alle starren auf unser blutiges Geschirrtuch und mein Tigergesicht, aber das ist nicht so schlimm. Ich starre ja auch auf den Mann mit der Pellkartoffelhaut, die stöhnende Frau und den feuerroten Knirps in der Ecke.

Schlimm ist, dass wir nicht weiterdürfen. Wenn man völlig durchdreht, kann man wieder raus, also raus aus dem Krankenhaus. Aber man kann nicht *rein* ins Krankenhaus. Nur eine einzige Tür führt hinein und die ist abgeschlossen. Nur die Ärzte und Krankenpfleger auf der anderen Seite können sie öffnen.

Das bedeutet, dass alle ununterbrochen auf die Tür starren. Jedes Mal, wenn sie sich öffnet, halten wir den Atem an. Wer wird der Nächste sein? Wer ist der Glückliche, der reindarf, rein zu den Ärzten, den Pflastern und Schmerzmitteln?

Sobald ein Name aufgerufen wird, bricht der Rest in empörtes Gemurmel aus. Denn der Glückliche, der reindarf, sieht meist gar nicht so krank aus. Vielleicht pellt sich seine Haut, aber er stöhnt nicht. Oder er stöhnt zwar, blutet aber nicht.

Nach sechs Minuten durften wir ganz kurz in ein winziges Zimmerchen, aber nur, damit eine besondere Krankenschwester sich die Fingerkuppe ansehen konnte. Bente bekam *Code Gelb* und das bedeutet, dass sie innerhalb einer Stunde an die Reihe kommen wird.

»Soll das ein Witz sein?«, fragte Papa. »Eine *Stunde*?«

»Maximal eine Stunde«, sagte die Schwester. »Rot verteilen wir nur bei akuter Lebensgefahr, Orange ist für die echten Notfälle. Aber ich verspreche Ihnen, dass wir so schnell wie möglich ein Behandlungszimmer frei machen.«

Und dann nahm sie den Plastikbeutel, denn die Fingerkuppe musste sauber gemacht werden.

Bente weinte leise, als die Fingerkuppe dableiben durfte und wir wieder zurück ins Wartezimmer mussten. Sie setzte sich auf meinen Schoß. Schon bald war mein linkes Bein eingeschlafen, aber ich hielt sie weiterhin gut fest, denn sie war kalt und sie zitterte und ich machte mir Sorgen.

Wir folgen dem Arzt durch die Wundertür. Plötzlich stinkt es nicht mehr nach Schweiß. Es ist so warm und hell hier, als wäre es Sommer, und überall sieht man weiß gekleidete Menschen. Sie haben nackte Arme und zurückgekämmte Haare und niemand findet es schlimm, dass ihre Unterwäsche durch ihre Kleidung scheint.

So will ich später auch sein. Der weiße Kittel sagt alles über Ärzte. Müllmänner und Kindergärtnerinnen tragen nie schneeweiße Kleidung. Nur Ärzte dürfen das. Den ganzen Tag arbeiten sie mit Blut und Eiter und Erbrochenem, und trotzdem laufen sie weiß gekleidet herum.

Der Arzt mit den Locken bringt uns in ein Zimmer, in dem man wirklich großartig Krankenhaus spielen könnte. Ein Teewagen voller Verbandszeug steht da, es gibt ein Waschbecken mit glänzender Spüle und ein Krankenhausbett auf Rädern. An der Wand hängen Kartons mit Gummihandschuhen in verschiedenen Größen.

»Können Sie ihr nicht wenigstens irgendetwas geben?«, ruft Papa schon, ehe wir uns überhaupt setzen. »Meine Tochter krümmt sich vor Schmerzen – muss sie erst den ganzen Arm verlieren, ehe sie hier eine Schmerztablette bekommt?«

Bente fängt sofort wieder an zu weinen und ich habe auch einen Kloß im Hals.

»Ich bin Douwe«, sagt der Arzt munter. »Wir tun unser Bestes, aber heute ist wirklich irre viel los. Die halbe Stadt ist ausgerutscht.« Er gibt uns allen die Hand, ignoriert Papas schwitzendes Gesicht und meine Maske und schaut dann zu Bente. »Das Tuch lassen wir schön drum, bis der Arzt kommt.«

»Ich dachte, du wärst der Arzt«, sage ich.

Douwe schüttelt den Kopf. »Ich bin Krankenpfleger. Du musst auf die Kittel achten. Ärzte tragen lange weiße Kittel, wir haben kurze. Superverwirrend, ich weiß, besonders bei so gut aussehenden Kerlen wie mir. Alle denken immer, ich sei der Arzt. Nervig, aber man gewöhnt sich daran.«

»Wirst du zum Spaß auch mal Kranken*schwester* genannt?«, frage ich. »Oder *Schwester*?«

Er nickt. »Aber wer das sagt, den schlag ich krankenhausreif.«

Ich grinse und sehe, wie sich Bentes Mundwinkel vorsichtig ein wenig heben.

»Die Wartezimmerschwester hat mir meine Fingerkuppe weggenommen«, sagt sie heiser.

Douwe zeigt auf eine Schüssel neben dem Waschbecken. »Die verwöhne ich gerade mit einem schönen Bad. Damit sie nicht austrocknet.« Er setzt sich auf einen Hocker vor uns hin. »Also, schießt los. Was ist passiert?«

Zu dritt erzählen wir die Geschichte. Es dauert ziemlich lange, wir reden alle durcheinander und irgendwann wissen wir es selbst auch nicht mehr so genau.

»Macht nichts«, sagt Douwe. »Ungefähr zehn verschiedene Ärzte wollen sie gleich alle noch mal hören. Ich verspreche euch, dass ihr eure Geschichte-vom-Schlitten heute Abend dreistimmig singen könnt – gereimt!« Er steht auf. »Bente, legst du dich mal kurz aufs Bett?«

Ich halte den Atem an, während Douwe ihr aufs Bett hilft. Meine Mutter kann jetzt wirklich jeden Moment reinkommen. Für Bente hoffe ich, dass sie schnell da ist. Für mich selbst hoffe ich, dass sie einen Umweg über den Mond macht.

»Tut dir sonst noch irgendwas weh?«, fragt Douwe. »Arme, Beine, dicker Zeh, Bauchnabel?«

Bente denkt feste nach. »Nein, nur mein Finger.«

»Und du bist also nicht mit dem Kopf auf den Boden gekommen? Du bist auf deine Hände und Knie gefallen?«

Sie nickt.

»Ausgezeichnet«, sagt Douwe, »dann gebe ich dir jetzt schnell was gegen die Schmerzen.«

»Endlich!« Papa wischt sich den Schweiß von der Stirn.

Still hören wir uns an, was Douwe jetzt tun wird. Etwas gegen die Schmerzen bedeutet hier im Krankenhaus: Wir stecken dir eine hohle Nadel in deine gesunde Hand, zapfen drei Röhrchen Blut ab und hängen dich dann an einen Tropf.

Papa schaut weg, als die Nadel in Bentes Hand verschwindet, aber ich stehe ganz dicht neben ihr. Meine Schwester ist total tapfer, sie gibt keinen Mucks von sich. Sie zittert zwar noch, aber weniger als vorher. Und ich glaube, sie hat sich in Douwe verliebt, weil sie seine Locken so anstarrt.

»Du riechst nach Melone«, flüstert sie.

Er lacht. »Das ist mein Haargel. Ich habe aus Versehen das melonige gekauft.«

Sie nickt ernst. »Du solltest das melonige auch absichtlich kaufen. Und vielleicht …« Sie hält inne.

Auf dem Gang höre ich eine Stimme, die ich schon mein ganzes Leben lang kenne. Als ich noch im Bauch war, *war* ich diese Stimme. Ich schwebte und schlug Purzelbäume und hörte ihr zu.

Schnell fühle ich an meiner Maske. Sitzt sie noch richtig? Verbirgt sie mein ganzes Gesicht?

»Ich muss zu Behandlungsraum neun«, höre ich Mama sagen. »Hier nach links?«

Und dann ist sie da. Ihre Wangen sind rot, ihre glatten Haare sind zu einem Pferdeschwanz zusammengebunden und sie trägt neongrüne Joggingschuhe, die ich noch nie gesehen habe.

Es fühlt sich an, als würde in meinen Bauch eine Schraube herumgedreht.

Mama geht schnurstracks auf das Krankenhausbett zu und umarmt Bente. Ganz ruhig fängt sie an, genau die richtigen Fragen zu stellen. Und das ist nicht gut – das ist eine Katastrophe. Ich habe nämlich wirklich nicht die leiseste Ahnung, wie Papa, Bente und ich es jemals ohne sie schaffen sollen. Donnerstags, meine ich. Freitags und samstags.

In manchen Ländern und in manchen Häusern wird es bestimmt Männer geben, die supergut alleine Kinder versorgen können. Ich sage ja nicht, dass Männer nichts können. Ich sage nur, dass es mindestens einen Mann gibt, der besser Möbel zimmern kann, als Pausenbrote nach den Regeln unserer Schule zu schmieren.

»Wirklich wahr?«, fragt Mama Bente. »Die Fingerkuppe lag da einfach so auf der Straße?«

»Sie nimmt jetzt gerade ein Bad«, sage ich laut. Ich zeige auf die Schüssel neben dem Waschbecken. »Douwe macht Suppe daraus.«

Mama runzelt die Stirn, aber Douwe sagt schnell: »Lasagne. Suppe ist was für Mädchen, ich mache Lasagne daraus.«

Bente kichert, aber Mama achtet nicht auf Douwe. Sie sieht mich an.

»Warum trägst du eine Maske?«

Ich höre auf zu lachen und hoffe, sie sieht nicht, dass mein Herz unter meinem Pulli wie wild zu klopfen anfängt.

»Die hat Papas neue Nachbarin mir gegeben.«

Sie zieht die Augenbrauen hoch. »Papas neue Nachbarin?«

Ich nicke. »Sie hat Bentes Leben gerettet und uns ein Geschirrtuch, einen Plastikbeutel und eine Maske geschenkt.«

»Das ist nett«, sagt Mama. »Aber setz das gruselige Ding jetzt mal ab.«

»Ich glaube, sie sollte sie besser auflassen«, sagt Papa leise. Sein Gesicht ist blass.

Einen Moment ist es still.

»Tja«, sagt meine Mutter. »Du glaubst ja auch, dass ein neunjähriges Kind einen riesigen Schlitten festhalten kann, während es auf deinem Gepäckträger sitzt und die Straßen spiegelglatt sind.«

Sie sieht wieder zu mir. »Felicia, wir sind hier in einem Krankenhaus, nicht auf einem Kindergeburtstag. Nimm die Maske ab.«

»Ich heiße Fitz!«, rufe ich. »Ich hab euch am ersten Januar eine Mail geschickt, um euch zu sagen, dass ich nicht mehr auf Felicia höre. Wie schwierig ist es, sich das zu merken?«

Sie seufzt. »Fitz, nimm die Maske ab.«

»Von mir aus.«

Ich stülpe die Gummibänder über meine Ohren. Ohne mit der Wimper zu zucken, sehe ich sie an. Sie liest die Wörter auf meinem Gesicht und ich sehe, wie sie erstarrt.

»Okay. Setz sie nur wieder auf.«

4

Ganz allein gehe ich durch die Notaufnahme. Ich habe gesagt, ich würde mir an dem Automaten einen Kakao holen. Aber ich habe nicht vor, so bald zurückzukommen.

Die Ärzte und Krankenpfleger schauen zwar alle auf meine Tigermaske, aber niemand sagt etwas. Sie schicken mich nicht zurück und sagen mir auch nicht, das hier wäre kein Kindergeburtstag.

Ich balle die Fäuste.

Das Allerblödeste an diesem ganzen blöden Theater ist, dass es mich selbst auch so blöd macht. Vor zwei Wochen war ich noch ein ganz normales Mädchen. Und jetzt würde ich mich am liebsten von mir selbst scheiden lassen.

Die Doppeltüren am Ende des Ganges öffnen sich plötzlich und ich schrecke zurück. Zwei Männer in Grün rollen eine Krankentrage rein und reden, so schnell sie können, auf die Krankenschwester ein, die neben ihnen herrennt.

»War kurz bewusstlos. Luftwege frei, peripheres Atemgeräusch seitengleich, sO2 95 %, Blutddruck 135 zu 70, Tachykardie ...«

Ich sehe ein Gesicht mit halb geschlossenen Augen

und getrockneten Blutspuren und gehe schnell in die andere Richtung. Hier sind überall Zimmer, in die man einfach so reinschauen kann. Die Ärzte rennen mit fliegenden Kitteln hin und her. Die Patienten fotografieren ihre Wunden.

Hinter einer schweren Tür, die sich automatisch öffnet, finde ich endlich einen menschenleeren Gang. Die Wände sind aus groben Steinen und es riecht nach altem Hustensaft. Ich bin allein, also sage ich natürlich nichts. Aber wenn ich etwas sagen wollte, würde ich flüstern.

Ich gehe weiter. Nicht weil ich irgendwo hinmuss, sondern weil ich wegwill. Die Gänge sind fensterlos, ich könnte genauso gut Kilometer unter der Erde sein. Immer wenn sich der Gang gabelt, entscheide ich mich für den ruhigeren, und als ich an einem einsamen Aufzug neben einem Treppenhaus ankomme, fahre ich hoch. Zur obersten Etage.

Als sich die Aufzugtüren öffnen, halte ich den Atem an. Vor mir türmt sich eine riesige Glaswand auf. Dahinter sieht man die Stadt. Nicht ein paar Straßen, nicht ein halbes Viertel, sondern die ganze Stadt. Von hier oben kommt es einem vor, als würde man plötzlich erkennen, wie alles zusammenhängt.

In der Mitte, vor all den Fenstern, steht ein Rollstuhl mit einem Jungen. Er hat braune Haare, die ihm über die Augen hängen, und er schaut nicht mal raus. Ich bin sofort wütend auf ihn, weil ich hier allein sein will.

Ich gehe zu dem Fenster, das möglichst weit von ihm

entfernt ist. Der Himmel ist seltsam grau und es gibt sehr viel davon. Ich will meine Maske absetzen, aber das geht nicht. Der schweigende Junge sitzt da und macht nichts. Draußen fallen die ersten Schneeflocken. Ich sehe, wie sie am Fenster entlangrieseln, frisch aus den Wolken.

»Ich bin mal«, sagt der Junge plötzlich, »auf das Flachdach unserer Schule geklettert, kurz nach einem Schneesturm. Dort oben habe ich den größten Schneeball gerollt, den du jemals gesehen hast. Und dann bin ich zusammen mit dem Schneeball durch das Glasdach der Aula gekracht. Ich musste mit dreiundfünfzig Stichen genäht werden.«

Ich wende ihm mein Gesicht mit der Maske zu. Er ist bestimmt schon fünfzehn und ich fühle mich plötzlich sehr *zwölf und drei Wochen.*

»Ich habe auch mal ein Haus auf dem Eis gebaut«, sagt er. »Als der Frühling kam, ist es einfach so in den Fluss gesunken. Jetzt kann man es mieten, wenn man Taucherurlaub machen will.«

Seine Augen sind dunkelbraun und darunter liegen tiefe Schatten. Ich weiß nicht, ob er noch zur Schule geht, aber wenn er noch zur Schule geht, dann gibt es zwei Möglichkeiten. Entweder ist er der beliebteste Junge der Klasse und alle Mädchen sind in ihn verliebt. Oder er steht in jeder Pause allein da und wird ausgelacht, sobald er den Mund aufmacht.

Er lehnt sich in seinem Rollstuhl zurück. »Jetzt du. Was ist das Schlimmste, das du je gemacht hast?«

Ich sage nichts.

»Echt? Bist du so brav?«

»Ich bin das blödeste Mädchen, das ich kenne«, sage ich. »Aber damit gebe ich nicht an.«

Er fängt an zu lachen. »Wetten, dass ich blödere Mädchen kenne?«

»Worum willst du wetten?«

Er streicht sich die dunklen Haare aus den Augen. »Um eine Frikadelle.«

»Okay«, sage ich. »Um eine Frikadelle.«

Ich habe kein Geld dabei, aber ich gewinne eh. Der Junge sieht mich abwartend an und meine Fingerspitzen fangen an zu kribbeln.

»Nur zu. Dann beweis mir, wie blöd du bist.«

Dieses Mal achte ich nicht auf die Schraube in meinem Bauch. Diese Schraube gehört zu einer anderen Welt. Wir stehen meilenweit über der Erde und es gibt hier niemanden sonst. Nur uns beide, und den Schnee.

Ich ziehe die Maske ab.

Von seinem Rollstuhl aus sieht er mich an.

MAMA steht auf meiner Stirn. SOLL auf meiner rechten Wange. STERBEN auf meiner linken.

»Clever«, sagt er nach einer Weile. »Du hast natürlich in den Spiegel geschaut, als du das geschrieben hast. Aber du hast zum Glück daran gedacht, dass es spiegelverkehrt sein muss.«

»Ich habe erst auf Papier geübt. Das ging schief. Und da habe ich kapiert, wie das mit der Spiegelschrift funktioniert.«

Er nickt. Dann zeigt er auf mein Gesicht. »Gilt das immer? Oder gab es einen besonderen Grund?«

Schweigend lasse ich die Maske an dem Gummiband hin- und herwippen. Der hohe, stille Gang ist mit grauem Licht gefüllt, das dieselbe Farbe hat wie die Wolken. Die vorbeitrudelnden Schneeflocken werden langsam größer. Ich drücke die Stirn gegen das kalte Glas und sehe unten auf der Straße einen Krankenwagen vorfahren. Das Martinshorn kann ich nicht hören.

»Warum sollte ich dir was erzählen?«, frage ich. »Ich kenne dich nicht.«

Er zieht sein Portemonnaie aus der hinteren Tasche und reicht mir seinen Ausweis.

»Adam Charlie Klinge, fünfzehn Jahre alt. Vier Ungenügend auf dem Halbjahreszeugnis, gerade mit dem Rauchen aufgehört. Meine Oma findet, ich sollte Gärtner werden, denn immer, wenn ich ihren Pflanzen Wasser gebe, blühen sie danach besonders schön. Aber ich kann mir nicht vorstellen, überhaupt etwas fünfzig Jahre lang zu machen, egal was. Außer essen natürlich. Und schlafen.«

Auf seinem Passfoto ist ein fröhlicher kleiner Junge mit Grundschulgesicht und Kurzhaarschnitt zu sehen. Damals noch 1,46 Meter groß. Geboren in Alkmaar.

»Ich wünschte, ich hätte deinen Nachnamen«, sage ich. »Stell dir nur vor! Ich werde später Chirurgin und dann würde ich Doktor Klinge heißen.«

»Dann musst du mich heiraten«, sagt er ganz ruhig.

Er sieht mich an, ohne mit der Wimper zu zucken,

und plötzlich weiß ich es. Adam Charlie Klinge steht nie allein da. Und alle Mädchen sind in ihn verliebt. Nur beliebte Jungen machen dermaßen dämliche Scherze.

Ich trete einen Schritt zurück.

»Ich springe lieber in einen Vulkan, als irgendjemanden zu heiraten.«

»Du brauchst gar nicht so groß zu tun, echt nicht«, sagt er locker. »Alle Mädchen wollen heiraten. Ihr lebt doch für weiße Kleider und Goldringe und ...«

Ich stütze mich mit beiden Händen an der kalten Scheibe ab und trete, so fest ich kann, gegen das Fenster. Ein dumpfer Knall ertönt und meine Zehen brennen, aber ich trete noch mal. Und noch mal.

»Hör auf damit!«, ruft Adam, aber ich mache immer weiter.

Bei uns zu Hause – ich meine in Mamas Haus – ist der Fußboden aus Stein. Wenn man da ein Glas fallen lässt, springt es in tausend Teile auseinander. Tage, sogar Wochen später findet man immer noch neue Scherben.

Genauso ist es nach dem Schirmgespräch. Das Gespräch ist vorbei, aber jeden Tag finde ich neue Scherben. Manche sind klein und ich kann sie leicht wieder vergessen. Andere sind riesig und stechen mir voll in den Bauch.

»Stopp!«, ruft Adam. »Gleich trittst du noch das Fenster kaputt, du Idiot. Hör auf!«

»Du wolltest es doch wissen, oder?«, schreie ich. »Warum meine Mutter sterben soll?«

»Hör auf zu treten!«, brüllt er zurück. Und dann, als ich plötzlich fertig bin und bewegungslos neben ihm stehe, mit einem normalen Fuß und einem Fuß voller gebrochener Zehen, sagt er leise: »Ja, ich will es wissen.«

5

»Erst muss ich zwei Sachen erklären.«

Ich schaue auf den Rieselschnee. Wenn es nach mir ginge, könnten die Flocken so lange da liegenbleiben, bis alle vergessen haben, was sich darunter befindet.

»Erstens: Meine Eltern sind einander leid geworden und darum lassen sie sich scheiden. Und zweitens: Wir sind hier, weil meine Schwester einen Unfall hatte. Ein Schlitten hat ihre Fingerkuppe abgehackt.«

»Aua«, sagt Adam.

Ich nicke. »Bente ist neun und die coolste Schwester, die ich kenne. Sie will später sieben Kinder haben und dann reist sie mit der ganzen Familie mit einem Hundezirkus herum. Sie hat sieben Jungennamen und sieben Mädchennamen auf Vorrat, und mindestens hundert Hundenamen.«

»Hat der Vater der sieben Kinder auch noch was zu melden?«, fragt Adam.

»Der darf die Karten verkaufen. Und die Kinder bürsten. Bente kümmert sich um die Hunde.«

Ich hole tief Luft. »Heute Morgen sind Bente und ich zum ersten Mal bei meinem Vater zum Wohnen gewesen. Wir dürfen nicht zu Besuch sagen, weil es das nicht ist. Es ist wohnen. Meine Mutter hat uns gebracht und wir hatten total viele Wohnsachen dabei. Und auch Essenssachen, weil wir nicht sicher wussten, ob Papa zum Supermarkt gegangen war.«

Ich höre auf und sehe Adam an. »Willst du das echt hören?«

»Glaub mir.« Er streicht sich die braunen Haare aus den Augen. »Wenn ich es langweilig finde, merkst du das sofort. Frag nur meine Lehrer. Erzähl weiter!«

Ich seufze. »Wir kamen bei Papa an und alle Umzugskartons waren noch zugeklebt. Und der Kühlschrank war leer. Ich hab meine Hin-und-her-Tasche ...«

»Deine was?«

»Meine Hin-und-her-Tasche. Das ist eine Tasche voller Sachen, die man jede Woche von einer Wohnung in die andere schleppt. Weil man manche Sachen einfach immer braucht.«

Er nickt.

»Bei Papa müssen Bente und ich uns ein Zimmer teilen, also haben wir zusammen ausgepackt. Aber weil ich meinen dicken Pulli nirgends finden konnte, ging ich zurück in den Flur. Und da habe ich sie gehört.«

Ich stehe wieder in dem dunklen Flur voller Kartons. Der vorherige Bewohner hat die Wände in einer Farbe gestrichen, die wir uns selbst niemals ausgesucht hätten. Der Fußboden ist aus Linoleum, das sich wellt und klebrig bleibt, egal wie oft man darüberwischt.

Und dann höre ich meine Eltern reden.

»Mein Vater hat fast geweint«, sage ich zu Adam. »Er

hat gesagt, er würde sich niemals daran gewöhnen, geschieden zu sein. Die Tage allein seien schrecklich gewesen. Aber meine Mutter sagte nur, er müsse die Zeit allein gerade genießen.«

Adam zieht die Augenbrauen zusammen. »Seine Zeit ohne sie?«

»Seine Zeit ohne Bente und mich.« Ich balle die Fäuste. »Mama sagte, sie hätte superviel Lust auf ein Wochenende ohne Kinder. Dann könnte sie nämlich endlich wieder *sie selbst* sein. Sie hatte sich schon ein ganzes Programm zusammengestellt! Erst würde sie joggen gehen und am Abend mit Freundinnen Cocktails trinken. Morgen früh ausschlafen und sich danach eine ganze Staffel *Mad Men* ansehen. Und zwischendurch würde sie die ganze Zeit Sachen essen, die Bente und ich nicht mögen.«

Quer durch den Schnee sehe ich es vor mir. Wie sie genüsslich mit einem Teller voller Muscheln und Kokosbrot und Koriander dasitzt. Ganz allein auf unserem Sofa. Vor unserem Fernseher. Und wie sie dann endlich wieder, nach all den Jahren, *sie selbst* ist.

Darum will ich nicht mehr da sein.

»Sobald Mama weg war«, sage ich, »habe ich den Geht-nie-wieder-ab-Permanentmarker genommen, den sie letzte Woche für Papa gekauft hat. Damit er seine Umzugskartons beschriften konnte. Und dann habe ich mich im Badezimmer eingeschlossen und auf mein Gesicht geschrieben, dass sie sterben soll. Dann kann sie nämlich ganz allein in ihrem Sarg schön sie selbst sein.«

Eine Weile ist es still.

»Ich habe schlechte Neuigkeiten für dich«, sagt Adam dann.

Ich sehe ihn an.

»Du bist nicht das blödeste Mädchen, das ich kenne. Also kriege ich jetzt eine Frikadelle von dir. Sollen wir in die Cafeteria gehen?«

Es dauert einen Moment, bis ich antworten kann.

»Ich will diese doofe Maske nicht mehr aufsetzen.«

»Okay«, sagt er, »dann machen wir erst dein Gesicht sauber.« Er steht aus dem Rollstuhl auf. »Komm nur mit.«

Ich starre ihn an. »Du kannst laufen!«

»Du doch auch?«

»Aber du hast in einem Rollstuhl gesessen. Ich dachte …«

Er schüttelt den Kopf. »Weißt du, warum? Im Rollstuhl ist man hier unsichtbar. Und das war heute notwendig.«

6

Adam schickt den Aufzug zur fünften Etage.

Ich sehe uns in dem dunklen Spiegel stehen und denke aus Versehen: Da sind ja Herr und Frau Klinge.

»Hier entlang«, sagt er, sobald sich die Türen öffnen.

Das Krankenhaus ist hier ganz anders als unten. Die Notaufnahme ist eine kahle Imbissbude, an der sich Leute möglichst schnell eine Portion Gips oder drei Stiche holen. Die breiten Gänge hier oben sind still, wie in einem guten Hotel. Es gibt Sitze zum Warten und an den Wänden hängen Bilder, die verständlicherweise kein Museum haben will.

Die Patienten, die man hier trifft, bluten und stöhnen nicht, das ist schade. Aber die Ärzte sehe ich mir atemlos an. Die Stethoskope, Pieper, Müsliriegel, Stifte und das *Handbuch für die Famulatur* beulen die Taschen ihrer weißen Kittel aus. Sie flüstern in Geheimsprache miteinander und schauen, als hätten sie heute schon mindestens sieben Leben gerettet.

Ich habe schon längst keine Ahnung mehr, wo ich hier bin in diesem warmen Labyrinth, aber Adam weiß genau, wie wir gehen müssen. Ich frage mich, ob ich jemals so lange neben einem so gut aussehenden Jungen hergegangen bin, aber sehr lange brauche ich nicht darüber nachzudenken. Die Antwort lautet *Nein*.

Vor einem blitzeblanken Tresen bleiben wir endlich stehen. Eine Frau mit grasgrüner Brille strahlt uns an.

»Adam, ich wusste ja gar nicht, dass du heute hier bist!«

»Bin ich auch nicht«, sagt er kurz angebunden. Er schaut um sich. »Wo ist Yasmine?«

»Sie ist gerade zurück von der Station.« Die Frau schiebt sich die Brille auf ihre grauen Locken und beugt sich zu uns. »Benjamin macht sich gut heute. Sein Herzschlag hatte sich kurz verlangsamt, aber jetzt ist er wieder ganz normal. Und seine Atmung …«

»Wo ist Yasmine jetzt?«, fragt Adam mitten in ihren Satz hinein. »Ich brauche sie.«

Die Frau seufzt. »Versuch's mal im Pausenraum.«

Ich sehe kein Schild Richtung Pausenraum, aber Adam läuft schon wieder los.

»Und was ist mit dem Tiger?«, ruft die Frau uns nach.

»Der Tiger hat schon die Windpocken gehabt«, ruft er zurück.

Ich verstehe nur Bahnhof, aber wir dürfen weiter. Adam macht Riesenschritte, so dass ich kaum mithalten kann. Es ist klar, dass er so schnell wie möglich von hier wegwill.

»Wer ist Benjamin?«, frage ich leise.

»Niemand.«

»Wie kann niemand denn einen Herzschlag haben?«

Adam schaut zur Seite. »Genau! Das geht also nicht.«

»Aber …«

Er bleibt stehen. »Noch eine einzige Frage, und ich bin weg. Dann läufst du den Rest deines Lebens mit diesem Gekritzel auf dem Gesicht rum. Dann halt keine Frikadelle.«

Er sieht gefährlich aus, also sage ich nichts mehr. Wir gehen weiter. Heimlich hoffe ich, dass wir an offenen Türen vorbeikommen, damit ich sehen kann, was für Patienten hier liegen. Damit ich herausfinden kann, wer Benjamin ist.

Aber die allererste Tür ist schon die vom Pausenraum.

Drei Krankenschwestern sitzen da und essen Sahneschnittchen. Sobald sie uns sehen, lecken sie sich schnell die Finger ab. Die jüngste der drei hat glänzende dunkle Haare und lustige Segelohren.

»Deine Eltern hatten Recht«, sagt sie fröhlich zu Adam. »Das sind echt die leckersten Sahneschnittchen in der ganzen Stadt!«

Adam sagt nichts. Er sieht aus, als hätte er vor, etwas in die Luft zu sprengen.

»Deine Mutter hat gerade angerufen«, sagt die Krankenschwester noch. »Aber sie hat gar nicht erzählt, dass du heute hier bist …«

»Bin ich auch nicht«, sagt Adam wieder. »Yasmine, du musst mir helfen. Dieser zurückgebliebene Tiger hier«, er zeigt auf mich, »hat sich Permanentmarker aufs Gesicht geschmiert und der muss ab. Wie machen wir das?«

Yasmine kommt zu mir und ich wollte, ich sähe so aus wie sie. Solche schönen Augen kenne ich nur aus dem Fernsehen. Sie ist nur ein paar Zentimeter größer als ich, also für eine Erwachsene winzig. Aber bei ihr ist das gerade schön.

»Bist du Patientin hier?«

Ich schüttle den Kopf und seufze.

»Tut mir leid, dann darf ich dich nicht behandeln. Und wenn du Patientin wärst, müsste ich dich natürlich überweisen. Du gehörst ganz eindeutig auf eine andere Station.«

Ich habe keine Ahnung, wie sie das so schnell sehen kann. Vielleicht liegen hier nur Leute ohne Beine.

»Wir gehören alle ins Irrenhaus«, sagt Adam kurz angebunden. »Aber das hier ist ein Notfall. Der Stift muss ab.«

Yasmine zögert. Sie schaut zu ihren Kolleginnen, die schon wieder mitten im Gespräch sind. Dann sagt sie leise: »Das ist keine Behandlung, okay? Ich habe jetzt Pause und da zeige ich euch einfach kurz den Raum, in dem wir uns immer umziehen.«

Während wir ihr folgen, höre ich sie leise singen: *You're the one that I want, oh oh oooh* … Ich kann wirklich nichts dafür, aber mir gefällt es hier. Natürlich denke ich immer an Bente und gleich gehe ich auch wieder zu ihr. Aber in diesem Moment ist es großartig, *nicht* in Behandlungsraum neun zu sein.

Es ist verrückt. Jetzt, wo meine Eltern gar nicht hier sind, vermisse ich sie weniger, als wenn ich bei ihnen bin. Und plötzlich denke ich: Wenn ich später Ärztin bin, brauche ich diese blöde Hin-und-her-Tasche überhaupt nicht mehr. Dann kaufe ich mir mein eigenes Haus und stecke Papa und Mama in zwei verschiedene Altersheime. Und wenn ich sie dann besuche, brülle ich in ihre tauben Ohren: AMÜSIERT IHR EUCH AUCH GUT? ICH FÜHLE MICH ENDLICH WIE ICH SELBST!

Yasmine bleibt vor einer geschlossenen Tür stehen und hält eine Karte neben die Klinke.

»Warst du hier schon mal?«, flüstere ich Adam zu.

Er schüttelt den Kopf.

Die Tür öffnet sich und es ist wie eine Zauberpforte in einem Märchen. Das Zimmer ist unordentlich und gemütlich mit einem durchgesessenen Sofa, offen stehenden Schließfächern, Postern von gut aussehenden Ärzten und hingeworfenen weißen Kitteln. Der Geruch sauberer Wunden ist verschwunden, man riecht nur noch Bifi-Würstchen und Deo.

Yasmine geht zu einem blauen Behälter mit Pumpe, der neben dem Waschbecken hängt.

»Das hier ist Krankenhaus-Alkohol. Wir desinfizieren unsere Hände damit, aber man bekommt auch Marker damit weg.« Sie zieht ein Stück Papier von einer großen Rolle, knüllt es zusammen und gibt Sterillium darauf.

»Ich mache das lieber selbst«, sage ich schnell.

Aber das darf ich nicht. Alkohol verdampft fast sofort und brennt dann in den Augen.

Ich beiße mir auf die Lippen, denn ich will nicht, dass die hübscheste und netteste Krankenschwester, die ich je gesehen habe, mein Gesicht liest. Dann denkt sie, ich sei gestört.

»Frikadelle, Frikadelle, Frikadelle …«, höre ich Adam neben mir murmeln. Und dann nimmt er Yasmine das Papier aus den Händen.

»Ich mach das schon«, sagt er ganz entspannt.

Ich brauche nicht erst darüber nachzudenken, ob mein Gesicht jemals von einem fünfzehnjährigen Jungen sauber gemacht wurde. Die Antwort ist Nein, das dürfte klar sein.

Erst als Yasmine in sicherer Entfernung auf dem Sofa sitzt, löse ich die Gummibänder meiner Maske. Ich lege die Tigermaske auf den Waschbeckenrand. Adam hält mein Kinn fest und wartet, bis ich die Augen zugemacht habe.

»Du bist so klein«, sagt er, während er auf mich hinabschaut. »Wie alt bist du eigentlich?«

»Dreizehn«, sage ich, ohne zu zögern.

Ich spüre seinen Atem auf meinem Gesicht und schließe die Augen. Er fängt an zu rubbeln. Der Alkohol beißt mir in die Wangen, aber ich sage nichts.

»Irgendwelche Neuigkeiten von Doktor de G.?« Adams Stimme ist nah an meinem Ohr, also denke ich erst, er meint mich. Aber dann höre ich Yasmine seufzen.

»Hör bloß auf! Ich muss ihn wirklich vergessen. Er ist einen halben Meter größer als ich und sieht viel zu gut aus für jemanden mit Segelohren.«

»Ach …« Adam drückt mein Kinn in die andere Richtung und macht sich an STERBEN zu schaffen. »Man gewöhnt sich an alles. Meine Oma wiegt hundertzwanzig Kilo. Mein Cousin sammelt Bierdeckel. Meine Tante lacht wie ein Truthahn.«

»Aber deine Eltern sind wunderbar«, sagt Yasmine.

»Findest du?«, fragt Adam.

»Natürlich! Sie haben es furchtbar schwer, aber sie sind immer nett und diese Sahneschnittchen, die sie gestern mitgebra…«

Sie hört auf. Eine Brise sauberer Wunden weht an meiner Nase vorbei und schnell mache ich die Augen auf.

Wir sind erwischt worden. Im Türrahmen steht ein großer Mann mit sandfarbenen Haaren. Sein weißer Kittel reicht ihm bis zu den Knien, und wenn es Gott gibt, dann ist er neidisch auf diesen Arzt. Da bin ich mir sicher.

»Was soll das?«, fragt er genervt. »Was macht ihr hier?«

Dann erst sieht er Yasmine. Sogar ihre Stirn ist rot geworden.

»Doktor de Gooier!« Adam räuspert sich. »Ich …« Er spricht nicht weiter.

Doktor de Gooiers Augen sind graublau wie die Nordsee im Januar. Ich dachte, Yasmine würde übertreiben, aber er ist wirklich einen halben Meter größer als sie.

»Dieser Alkohol«, sagt er kühl, »ist für unsere Hände,

nicht für euer Gesicht. Yasmine hätte euch nie hier reinlassen dürfen.«

»Das war nicht ihre Schuld«, sagt Adam schnell. »Wir …«

Doktor de Gooier sieht ihn an. »Hast du Benjamin gerade besucht?«

Einen Moment bleibt es still.

»Nein«, sagt Adam dann. »Warum sollte ich?«

»Besuchst du ihn jetzt?«

»Nein.«

»Dann will ich dich hier auf der Station auch nicht sehen.« Der Arzt sieht Yasmine an. »Bring sie zum Aufzug und warte, bis sie weg sind. Wir reden später.«

7

Yasmine geht mit hochgezogenen Schultern vor uns her und will nicht hören, wie leid es mir tut. Schweigend schiebt sie Adam und mich in einen brechend vollen Aufzug. Drei Ärzte, zwei traurige Omas, ein Mädchen im Sträflingsanzug und ein magerer Mann mit einem Tropfständer stehen schon da, aber wir müssen trotzdem rein. Yasmine sieht uns nicht mehr an, und noch ehe sich die Türen ganz schließen, ist sie schon verschwunden.

In der dunklen Spiegelwand des Aufzugs sehe ich meinen Kopf ohne Maske. SOLL und STERBEN sind verschwunden, aber MAMA steht noch da. Hätte ich meine Tigermaske nur nicht in dem Umkleideraum vergessen.

»Es tut mir so leid für Yasmine!«, flüstere ich Adam zu.

Wir stehen in einer Ecke, neben dem Mädchen im Sträflingsanzug. Sie trägt Kopfhörer und bewegt sich zu einem Beat, den ich nicht hören kann.

»Das ist echt uncool«, sagt Adam leise. »Auf dieser ganzen beschissenen Station ist sie die Allernetteste.«

Der Aufzug hält auf jeder Etage und überall müssen Leute raus. Ich versuche, nicht auf den Anzug von dem

Mädchen neben uns zu starren, aber das ist schwierig. Es ist eine Kreuzung aus einem Babyschlafanzug und so einem schwarz-weiß gestreiften Sträflingsanzug wie in Comics. Er ist einteilig, hat vorn einen Reißverschluss und scheint weich und flauschig. Sie sieht aus wie ein kriminelles Küken.

»Ist Yasmine wirklich in Doktor de Gooier verliebt?«, frage ich ganz leise.

Adam nickt. »Schon seit vier Monaten. Ich habe sie Dienstag dabei erwischt, wie sie ihn anschaute. Zum Spaß habe ich eine Bemerkung darüber gemacht, und da konnte sie sich gar nicht mehr halten. Sie hörte überhaupt nicht mehr auf von ihm zu reden.«

»Aber was macht sie dann jetzt?«

»Jetzt?« Er seufzt. »Hoffen, dass sie nicht rausfliegt.«

Mir wird immer unwohler und ich bin froh, als wir unten angekommen sind. Wir schließen uns der Parade der traurigen Omas und des Tropfständers an und dann bleibe ich stehen. Zum ersten Mal sehe ich die große Krankenhaushalle. Hier ist so viel los wie am verkaufsoffenen Sonntag in der Stadt. Überall sind Geschäfte, es riecht nach Blumen und man hört das Klirren von Besteck.

Ich sehe nach oben und halte die Luft an.

Die Halle ist vier Stockwerke hoch und hat Fenster zu drei Seiten. Sie ist wie eine Schneekugel, bloß umgekehrt: Drinnen in unserer Kugel ist es warm und trocken, draußen schneit es stärker als je zuvor. Eine riesige Hand hat gerade die Welt geschüttelt und der

Schnee weht wild um uns herum. Die dunkle Stadt ist verschwunden, man sieht nur wirbelndes Weiß.

»Wow«, sagt Adam.

»Zweimal Wow!« Ich fange an zu lachen. »Wenn ich zu bestimmen hätte, würde ich die gesamte Kinderabteilung herbringen. Das hier wollen doch alle sehen?«

Er nickt und im selben Moment piept etwas in seiner Hosentasche. Er zieht ein Handy hervor, wischt über den Bildschirm und liest eine Nachricht. Danach schiebt er es schweigend wieder zurück in die Tasche.

Ich frage nichts. Wir kennen uns weniger als eine Stunde und wir stehen nur deshalb hier, weil ich ihm noch eine Frikadelle schulde. Das ist mir klar.

»Eigentlich«, sage ich, »muss ich noch schnell Geld für die Frikadelle holen.«

»Im Ernst?«, fragt er. *»Im Ernst?«*

»Glaubst du etwa, ich würde über Frikadellenwetten Witze machen?«

»Ich hoffe nicht«, sagt er drohend. Und dann seufzt er. »Okay, du bettelst deine reizenden Eltern an und ich versuche eine Zigarette zu schnorren. Vor diesem Krankenhaus wird doch tatsächlich noch mehr geraucht als vor meiner Schule.«

»Ich dachte, du hättest gerade mit dem Rauchen aufgehört?«

»Habe ich auch. Und wenn du mich gleich wiedersiehst, habe ich gerade wieder aufgehört.«

Ich erzähle ihm nicht, dass man vom Rauchen stirbt. Ich vermute mal, das weiß er schon.

Er zeigt auf eine Buchhandlung. »Da kannst du mich gleich finden. Und wenn du mich nicht siehst, rufst du eben an.«

Ich will ihm erklären, dass ich noch kein Handy habe, aber er hat sich schon zu einer blonden Frau umgedreht, die gerade vorbeigeht. »Hätten Sie vielleicht kurz einen Stift für mich? Dauert nur eine Sekunde …«

Die Frau zieht einen Kuli aus ihrer Tasche und gibt ihn Adam. Ohne ein Wort zu sagen, greift er nach meiner Hand. Er faltet meine Finger auseinander und schreibt seine Telefonnummer in meine Hand. Die Kulispitze kitzelt kalt auf meiner Haut. Seine Hand ist wärmer als meine.

»Puh«, sage ich, »jetzt brauche ich schon wieder Sterillium.«

»Danke schön.« Adam lacht die blonde Frau an und sie lacht fröhlich zurück.

»Gern geschehen!«

Ich sehe ihm nach, wie er durch die Drehtüren in den Schneesturm tritt. Die Hände in den Hosentaschen, seine braunen Haare natürlich wieder vor den Augen. Meine Hand mit der Telefonnummer halte ich offen, damit die Zahlen trocknen können. Ich habe das Gefühl, am Rand eines Vulkans zu tanzen. Auf der einen Seite strudelnde Lava, auf der anderen weiße Kleider und Goldringe.

In dem Moment stößt das Mädchen im Sträflingsanzug gegen mich.

»Oh!«, ruft sie. »Entschuldigung …« Sie sieht mich

an und sagt: »Du hast was fallen lassen.« Ohne sich erst zu bücken, drückt sie mir eine Pappschachtel in die Hand. Dann geht sie weiter.

»Das gehört mir ni…«, fange ich an, aber sie trägt noch immer Kopfhörer und hört mich nicht.

Ich will ihr folgen, aber dann sehe ich, dass auf der leeren Tablettenpackung etwas geschrieben steht. Um das Etikett herum steht in schwarzen Buchstaben: ICH BRAUCHE DICH. KOMM IN DEN ANDACHTSRAUM. JETZT.

Reglos bleibe ich stehen. Mein Blick wandert an den Geschäften in der großen Halle vorbei: Frisiersalon, Buchhandlung, Blumenladen mit glänzenden Ballons, Apotheke … Und dann sehe ich es. Eine weiße Wand, auf der ANDACHTSRAUM steht, am entgegengesetzten Ende der Halle.

Ich muss Frikadellengeld holen.

Ich muss wissen, wie es Bentes Fingerkuppe geht.

Ich muss mir die Zahlen auf meiner Hand ansehen.

Ich muss Papa und Mama fragen, ob sie später in verschiedenen Altersheimen wohnen werden.

Aber wie oft im Leben bekommt man eine Tablettenschachtel mit einer Nachricht darauf?

Ich gehe ganz kurz in den Andachtsraum, beschließe ich. Einfach um zu schauen, was das Sträflingsmädchen will. Und danach gehe ich zu Bente.

8

Ich ziehe die Schultern nach hinten, versuche zu vergessen, dass auf meiner Stirn immer noch MAMA steht, und gehe los. Jetzt, da ich allein bin, achte ich plötzlich viel genauer auf die Leute um mich herum. Ich sehe Winterjacken, auf denen der Schnee noch glitzert. Besorgte Mütter, die Kopfkissen durch die Gegend schleppen. Patienten mit platt gedrückten Haaren. Und inmitten der ganzen Trübseligkeit schweben die weißen Kittel vorbei. Als würden sie dieses Spiel auf einem völlig anderen *Level* spielen. Sie sind nicht krank und machen sich keine Sorgen. Sie arbeiten hier einfach.

Die Mattglastür des Andachtsraums hat die Farbe halb geschmolzenen Schnees. Über das Glas tanzen Wörter, die dafür sorgen, dass ich laut schreien will. *Ruhe. Meditation. Besinnung.*

Ich halte noch immer die Tablettenschachtel in der Hand. ICH BRAUCHE DICH steht da. Ist das ein Witz? Oder ist es ernst gemeint?

Ich drücke die Tür auf und muss sofort an die Einäscherung unserer Nachbarin denken. Ihr Sarg stand in genau so einer Art Raum mit durchsichtigen weißen Tüchern und fallenden Blättern an den Wänden. In der

Mitte steht in einer Vase ein kahler Ast, an dem eine einzige Papierblume steckt.

»Du bist gekommen!«, ruft das Sträflingsmädchen. Sie steht von einem durchsichtigen Stuhl auf und nimmt schnell etwas aus einer Schale. Wir sind die Einzigen im Andachtsraum und ich habe keine Ahnung, was jetzt passiert.

»Da.« Sie drückt mir einen weißen Kieselstein in die Hand. »Extra für dich. Es ist ein *Hoffnungsstein*. Das Krankenhaus möchte, dass du einen mitnimmst.«

»Wirklich?«, frage ich. »Das Krankenhaus schenkt mir einen Kieselstein?«

Das Mädchen fängt an zu kichern. »Ich glaube, der Direktor hat heimlich seinen Gartenpfad in die Schale gekippt.«

Ich starre sie an. Sie hat hellblonde Haare, die zu einem zuppeligen Pferdeschwanz zusammengefasst sind. Ihre Hände bewegen sich wie Schmetterlinge und ihre Augen sind aus dem allersanftesten Grau gemacht.

»Ich habe eine Frage«, sagt sie. »Mal angenommen, ich hätte gerade im Aufzug gar keine Musik gehört. Mal angenommen, ich hätte alles gehört, was dieser Junge und du zueinander gesagt haben – wirst du dann sauer?«

Wenn sie uns wirklich belauscht hat, finde ich das unglaublich blöd. Aber ich will wissen, warum ich hier bin. Ich will wissen, ob sie mich wirklich braucht.

»Nein«, sage ich also. »Dann werde ich nicht sauer.«

Sie sieht mich an, als wollte sie sich ein Poster von mir übers Bett hängen.

»Ich wusste einfach, dass du super bist! Aber bevor wir weitermachen, muss ich wissen, auf welcher Seite du stehst. Bist du Patientin oder nur zu Besuch hier?«

»Meine Schwester sitzt ohne Fingerkuppe in der Notaufnahme.«

Ich stecke den Hoffnungsstein in meine Hosentasche und schiebe ihn hin und her. Und dann erstarre ich. Ganz tief unten in der Tasche fühle ich ein hartes, glattes rundes Ding. Ich hatte völlig vergessen, dass ich Papas Ehering eingesteckt hatte, als er und Bente hingefallen sind.

»Ich bin hier schon seit elf Tagen gefangen«, sagt das Mädchen. Sie krempelt die Ärmel ihres Sträflingsanzugs hoch und zeigt mir ein weißes Plastikarmband. Neben dem Krankenhauslogo steht in Blockbuchstaben PRIMULA DE WINTER.

»Das ist doch eine Blume?«, frage ich erstaunt. »Eine Primula? Meine Mutter hatte letztes Jahr eine ganze Reihe davon auf der Fensterbank stehen.«

»Ja und?«, sagt Primula. »Andere Kinder heißen Iris oder Rosa. Ich heiße Primula.« Sie sieht mich ernst an. »Ich bin zehn und ich habe noch keine Brüste. Wirklich noch überhaupt nichts, auch nicht seltsam geschwollene Brustwarzen. Findest du es dann okay, wenn ich dir meine Narbe zeige?«

Schweigend verschränke ich die Arme. Über meinen – na ja, über Dingen, die überhaupt nicht so seltsam sind.

»Guck mal.« Sie öffnet den Reißverschluss ihres

Flauschanzugs. Zwischen ihren noch nicht existierenden Brüsten klebt ein gigantisches Stück Mullverband. Sie zieht es ab und ich muss die Augen kurz zukneifen. Da, wo eben der Reißverschluss war, ist auf einmal noch einer. Einer aus knallrosa Fleisch und dunklen Krusten. Die Narbe ist mindestens fünfzehn Zentimeter lang und jeder Pirat wäre stolz darauf.

Primula schaut an ihrer Nase vorbei nach unten und zieht die Augenbrauen zusammen. »Das wird schon noch weniger, die Operation war ja erst vor zehn Tagen. Aber meinst du, dass mich jemals jemand heiraten will?«

»Ich weiß nicht«, sage ich. »Dann musst du erst mal Brüste bekommen. Ohne seltsam geschwollene Brustwarzen will dich niemand.«

Sie fängt an zu lachen. »Du bist wenigstens ehrlich! Die Erwachsenen sagen die ganze Zeit, ich soll mir nur keine Sorgen machen. Das bringt mir echt nichts.«

Sie klebt den Verband wieder fest und zieht den Reißverschluss zu.

Ich halte die Tablettenschachtel hoch.

»Du hast geschrieben, dass du mich brauchst«, sage ich streng. »Brauchtest du mich, um mir deine Brüste zu zeigen, oder worum geht's?«

»Na ja ...« Sie zögert. »Eigentlich brauche ich dich natürlich nicht, weil ich nämlich viel mehr weiß als andere Kinder. Ich bekomme schon ein halbes Jahr zu Hause Unterricht und im Krankenhaus lernt man auch viel. Weißt du, was eine Aortenklappeninsuffizienz ist?«

Ich schüttle den Kopf.

»Siehst du! Das wissen normale Kinder nicht.« Sie seufzt. »Aber das ist gerade das Problem … In ein paar Wochen muss ich zum ersten Mal in die neue Schule. Und dann stehen wir im Sportunterricht in einer Reihe vor den Ringen und ich kann nur über Ballondilatation und Pulmonalstenose reden.«

Plötzlich atmet sie schwerer. Sie legt die Hand auf die Stelle, an der ihre Narbe ist, und setzt sich auf den Fußboden.

»Manchmal spüre ich mein Herz ganz deutlich«, sagt sie ein wenig außer Atem. »Dann ist es, als würde es sich selbst kneifen. Wie bei einer Faust, weißt du?« Sie faltet die Finger ihrer Schmetterlingshand um ihren Daumen und ich sehe, wie ihre Knöchel weiß werden und sich die Fingernägel in die Handfläche drücken.

Ich setze mich neben sie auf den Boden, und ohne es zu wollen, lege ich meine Hand auf ihren schwarz-weiß gestreiften Rücken. »Soll ich jemanden rufen?«

Primula schüttelt den Kopf. »Doktor Wong sagt, es ist nicht gefährlich.« Ihre Faust entspannt sich wieder. »Weißt du, wenn man vielleicht sterben muss, kann man wirklich gut über Herzklappenprothesen und Herz-Lungen-Maschinen reden. Aber wenn man am Leben bleibt, finden andere Kinder das einfach nur öde …«

Ich schaue mich im Andachtsraum um und plötzlich weiß ich es auch nicht mehr. Worüber spricht man im Sportunterricht, während man wartet, bis man an den Ringen hängen darf?

Vor einer Woche wurde ich in eine Rakete gesetzt

und auf den Planeten gemeinsames Sorgerecht geschossen. Und jetzt ist in meiner Hosentasche ein Ehering, der dreizehn Jahre lang am Ringfinger meines Vaters gesteckt hat. Ich habe wirklich keine Ahnung, was ich Montag im Klassenrat über meine Weihnachtsferien erzählen soll. Oder Dienstag, beim Sport. Oder in der Pause, wenn ich mit den anderen Mädchen aus meiner Klasse auf der Bank sitze.

»Zufällig«, sage ich zu Primula, »will ich später Ärztin werden. Also will ich gerne wissen, warum du diese Narbe hast.«

»Wirklich?« Sie fängt an zu strahlen. »Ich erzähle es ohne Latein, okay?«

»Gerne.«

Sie greift nach meiner Hand. »Also, ich bin mit einem Herz geboren worden, das zu eng war. Aber als ich zwei Wochen alt war, haben sie es im Krankenhaus gedehnt. Meine Eltern haben gehofft, ich wäre danach ein normales Mädchen, aber das ist nicht passiert ...«

Es fühlt sich komisch an, dass sie meine Hand festhält, aber ich bewege mich nicht.

»Letztes Jahr wurde dann festgestellt, dass mein Herz leckt. Ich war immer müde und hatte Atemnot und nach den Sommerferien bin ich nicht mehr zurück in die Schule gegangen. Mama hat mich zu Hause unterrichtet, weil sie Angst hatte, ich könnte in der Schule tot umfallen. Das war Unsinn, weil ich ja Medikamente bekam, aber sie hatte trotzdem Angst davor. Und ich eigentlich auch ein kleines bisschen ...«

»Aber jetzt geht es dir wieder gut?«, frage ich.

Sie nickt. »Vielleicht muss ich noch mal operiert werden, wenn ich groß bin. Aber jetzt bin ich gesund. Und wenn du mir jetzt beibringst, worüber *nicht kranke* Kinder sprechen, dann kann ich dir mit Yasmine helfen.«

Ich runzele die Stirn. »Wie meinst du das?«

»Ich hab doch gesagt, dass ich gehört habe, was du und dieser Junge im Aufzug erzählt haben? Dass Yasmine in einen Arzt verliebt ist …« Sie hält den Kopf schräg. »Ist Yasmine die Krankenschwester, die euch zum Aufzug gebracht hat? Die Superhübsche mit den dunklen Haaren?«

Ich ziehe meine Hand weg. »Was kümmert dich das?«

»Sehr viel, weil ich euch helfen werde Yasmine und diesen Doktor zu verkuppeln!« Ihre grauen Augen glänzen. »Ich sehe mir alle Krankenhausserien der Welt an, es gibt also zwei Dinge, über die ich alles weiß.« Sie nimmt ihre Finger zu Hilfe. »Erstens: Patienten mit sehr schlimmen Sachen, die sonst kaum jemand hat. Wie ein Baumstamm im Bauch oder Tropenfische im Kopf. Und zweitens: Ärzte und Schwestern, die sich ineinander verlieben und die ganze Zeit Schränke mit Verbandszeug umwerfen, weil sie sich im Dunkeln abknutschen.«

»Igitt«, sage ich.

Primula nickt ernst. »Ich hab doch gesagt, dass ich viel mehr weiß als andere Kinder?«

9

Ich stehe im Türrahmen von Behandlungsraum neun und spüre, wie mein Herz bricht.

Ich bin mir sicher, dass Douwe Geschichten über Spaßvögel erzählen kann, die zum Arzt sagen, sie hätten ein gebrochenes Herz. Und ob er es bitte schnell nähen könnte.

Natürlich weiß ich Bescheid. Herzen können verstopfen oder müde werden oder auch aufhören zu schlagen, aber sie zerbrechen nicht. Und trotzdem ist es genau das, was ich im Moment spüre: Zackenränder in meiner Brust.

Mama hat nicht nur Bentes Ausweis und ihre Bibliothekskarte und das Schnürsenkeldiplom mitgenommen, sondern auch *Hundertundein Dalmatiner*. Nicht den Film, sondern das Buch. Das alte, grüne Buch, das noch von Oma ist.

Bente liegt still auf dem Bett und Papa sitzt still auf seinem Stuhl, während Mama vorliest. Und ich stehe still auf der Türschwelle und wollte, ich wäre jemand anderes. Denn jemand anderes würde denken: WOW. Das hier ist wirklich eine glückliche Familie.

Ich klemme die Finger um den Ring in meiner Hosentasche und gehe ins Zimmer.

»Fitz«, ruft Bente, sobald sie mich sieht, »sieh dir das nur an!« Sie hält ihre verletzte Hand hoch. Das blutige Geschirrtuch ist verschwunden, weißer Verband ist um ihre Hand gewickelt.

»Echt?«, frage ich. »Haben sie die Fingerkuppe wieder angenäht?«

Sie schüttelt den Kopf. »Noch lange nicht. Aber sie haben Röntgenfotos gemacht und sich die Wunde angesehen. Also musste das Tuch ab. Überall war Blut und gelbes Fleisch und ich konnte den *Knochen* sehen.« Ihre Hand zittert, aber sie schaut stolz. »Douwe sagt, dass ich sofort in einem Zombiefilm mitspielen kann.«

Ich gehe zu ihr und umarme sie.

»Wo um Himmels willen warst du?«, fragt Mama hinter meinem Rücken.

»Ich wollte schon alle Krankenhäuser der Stadt anrufen«, sagt Papa, »bis mir wieder einfiel, dass wir schon in einem Krankenhaus sind!«

Ich drehe mich um und sehe ihre Blicke. Auf meine rot gescheuerten Wangen und auf das eine Wort, das noch immer auf meiner Stirn steht. Wenn jetzt jemand vorbeikommt, ist sofort klar: WOW. Das hier ist eine Familie, die wirklich dringend eingegipst werden muss.

Schweigend gehe ich zu dem Metalltischchen mit dem Verbandszeug. Ich nehme ein rechteckiges Päckchen und reiße es auf.

»Fitz!«, sagt Papa erschrocken.

Mit Krankenhaustape klebe ich mir den Verband auf die Stirn. Genau über MAMA. Bente kichert.

»Kann ich Geld fürs Mittagessen haben?«, frage ich.

Sie haben mich eine Stunde nicht gesehen und schauen mich an, als würden sie mich schon jetzt nicht mehr erkennen.

»Wir essen gleich alle zusammen zu Mittag«, sagt Mama.

Papa wischt sich die Stirn ab und nickt. »Das ist viel netter.«

Ich starre zurück, weil ich sie auch nicht mehr erkenne. Wie können sie bloß einfach immer weiterlügen? Vor einem halben Jahr haben sie gelogen, sie würden niemals auseinandergehen. Und jetzt lügen sie, dass es so nett ist, zusammen Mittag zu essen. Tja, wenn man sich die Marmelade teilen will, sollte man vielleicht nicht in zwei verschiedene Wohnungen ziehen.

Ich verschränke die Arme. In meinem Kopf höre ich die Sätze, die schon eine Woche lang durch mein Gehirn purzeln.

»Hört mal zu«, sage ich. Meine Stimme zittert nur ein kleines bisschen. »Ihr dürft nicht vergessen, dass wir es schön gehabt haben zusammen. Aber Menschen verändern sich. Und nach all den Jahren passen wir einfach nicht mehr so gut zusammen. Darum gehe ich jetzt ohne euch Mittag essen.«

Papa ist blass und Mama sitzt ganz gerade.

»Adam wartet auf mich«, sage ich. »Er ist fünfzehn und kennt das ganze Krankenhaus. Ich gebe euch seine Telefonnummer, wenn Bente also will, dass ich zurückkomme, dann ruft ihr an und ich bin sofort da. Aber jetzt brauche ich Geld fürs Mittagessen. Papa, bekomme ich das von dir? Heute musst du mir was zu essen geben, oder?«

Sie sagen nichts.

»Das hatte ich ganz vergessen!« Bente richtet sich auf. »Ich muss Fitz wirklich dringend was erzählen. Aber sie ist die Einzige, die es hören darf …« Sie sieht Papa und Mama an. »Ihr wolltet doch Kaffee holen? Das geht jetzt. Wenn ihr wiederkommt, liest Mama das Kapitel über die Geburt der Welpen zu Ende und danach liest Papa das Kapitel, in dem sie Perdita finden. Und dann Mama wieder, und dann Papa, bis das Buch aus ist.«

Ich sehe ihre Gesichter. Papa würde sich am liebsten in einer Ecke verkrümeln. Und Mama will ganz viel sagen und ein paar Sachen sogar brüllen. Aber wir sind in einem Krankenhaus und Bente ist verletzt.

Sie stehen auf. Mein Vater geht ein wenig gekrümmt, als wäre er in einer einzigen Woche zwanzig Jahre älter geworden. Meine Mutter schaut einfach nur starr auf den Boden.

»Zieh den Vorhang vor die Tür«, flüstert Bente, sobald sie weg sind.

Das tue ich und dann klettere ich zu ihr aufs Bett.

»Ich zeig dir was«, sagt sie ernst. »Aber erst musst du schwören, dass du es Papa und Mama nicht verrätst.«

»Ich schwöre es bei Petzi.«

Das ist der kleinste der Dalmatinerwelpen. Bei seiner

Geburt sieht es erst so aus, als wäre er tot, aber als sein Herrchen ihm übers Fell streichelt, wird er wieder lebendig. Und dann wird er der liebste von allen.

»Hier …« Mit ihrer Tropfhand tastet Bente vorsichtig in ihrer Tasche herum. »Den hier habe ich aus Versehen dabei.«

Mein Herz macht einen unvorsichtigen Sprung.

Auf ihrer ausgestreckten Hand liegt Mamas Ehering.

»Woher hast du den?«, flüstere ich.

Sie schlägt die Augen nieder. »Ich habe ein Gummiband gesucht, in der Schublade unter dem Löwenspiegel. Und da habe ich den …« Sie schüttelt den Kopf. »Ich konnte ihn da nicht liegenlassen.«

Schweigend taste ich in meiner eigenen Tasche.

»Papas Ring!«, ruft Bente.

Ich lege ihn auf ihre Hand neben Mamas Ring. Sie bewegt die Finger ein wenig und die Ringe rutschen aufeinander zu. Wir schauen beide darauf und ich wollte, ich wäre ganz allein in der Wüste. Dann könnte ich weinen, ohne dass es jemand hören würde.

»Ich weiß, dass sie sich oft streiten«, sagt Bente leise. »Aber wenn das hier nun sehr lange dauert … Dann merken sie vielleicht, dass sie sich doch noch gern haben.«

Ich schaue zu meiner verwundeten kleinen Schwester und weiß nicht, was ich sagen soll.

»Vielleicht gerade jetzt«, sagt sie. »Vielleicht erzählt Papa gerade jetzt beim Kaffeetrinken etwas Lustiges. Und dann muss Mama über ihn lachen.«

Ich brauche keine Antwort zu geben, denn Douwe kommt herein.

Ein Blick von Bente und ich halte die beiden Ringe in der Hand. Schnell lasse ich sie in meine Hosentasche gleiten.

10

Auf dem Weg zu Adam, Primula und den Frikadellen mache ich einen Zwischenstopp.

Vor einem riesigen Gipszimmer bleibe ich stehen. Nicht, um mir die fünf weißen Liegen anzusehen, die mit dünnen Vorhängen voneinander getrennt sind. Nicht, um mir die leisen Krankenhausgeräusche anzuhören, die klingen, als hätte es sogar hier drinnen geschneit. Noch nicht mal, um mir die Goldfische anzusehen, die zu meinem Erstaunen in der Ecke in einem Aquarium schwimmen.

Mein Blick fällt auf die Alkoholpumpe neben dem Waschbecken.

In aller Ruhe gehe ich darauf zu, als würde ich schon seit Jahren hier rumlaufen. Alle sind vollauf damit beschäftigt, Wunden zu verbinden oder Schmerzen zu haben oder zu trösten, und niemand spricht mich an. Ich ziehe mir den Verband von der Stirn und lege ihn in die Hand ohne Telefonnummer. Dann gebe ich Sterillium darauf.

An der Wand gegenüber hängen Rollen mit langen weißen Socken in verschiedenen Größen. Ein Krankenpfleger schneidet ein Stück von dem breitesten Socken ab und geht zurück zu einem mächtig dicken Patienten.

Während er den Socken vorsichtig über den Arm des Mannes streift, fange ich an zu schrubben. Der Alkohol brennt in meinen Augen, aber ich mache weiter, bis der Arm des Mannes völlig eingegipst ist.

Bis auch die letzte Spur von MAMA verschwunden ist.

In der großen Halle sehe ich sofort, dass mein Plan nicht aufgegangen ist. Primula sollte im Restaurant auf mich warten, das hatte ich ihr ganz klar gesagt. Ich wollte nicht, dass sie Adam seltsame Dinge erzählte, wenn ich nicht dabei war.

Aber da sitzen sie also zu zweit auf der Bank vor der Buchhandlung. Primulas Sträflingsanzug steht weit offen und der Verband liegt auf ihrem Schoß. Sie gestikuliert wild mit ihren Schmetterlingshänden, während Adam so laut lachen muss, dass ich ihn bis hierher hören kann.

Ich seufze und schaue nach oben, zu dem Schneesturm außerhalb unserer Glaskugel. Vielleicht können wir dieses Krankenhaus nie mehr verlassen. Dann sind wir hier eingeschneit zwischen Spritzen, Verbandszeug und Ballons. Ein paar mutige Ärzte werden versuchen Hilfe zu holen, aber sobald sie ins Freie treten, verschwinden sie in all dem Weiß. Erst im Frühjahr findet man sie wieder.

Langsam gehe ich auf die Bank zu.

»Nein«, höre ich Primula sagen, »erst wird das Brustbein mit einer Elektrosäge durchgesägt. Und danach nehmen sie einen Rippenspreizer, um die Rippen zur Seite zu biegen, damit sie an das Herz rankönnen.«

Ich stelle mich genau vor sie und stemme die Hände in die Hüften.

»Primula«, sage ich streng, »mach den Reißverschluss zu. Auch Leute ohne Brüste zeigen nicht einfach mitten in der Halle ihre Narbe.«

Und natürlich fängt sie sofort wieder an zu strahlen. »Du bist wiedergekommen!« Sie klebt den Verband auf die Narbe zurück und zieht den Reißverschluss ihres Sträflingsanzugs eifrig zu, so weit es nur geht. »Tut mir leid, ich bin so daran gewöhnt, mich vor allen auszuziehen, die an meinem Bett stehen ...«

»Hmmm«, sagt Adam. »Das ist wirklich ein bisschen unpassend.« Er sieht mich an. »Und? *Und?*«

Ich ziehe einen 20-Euro-Schein aus der Hosentasche und er seufzt tief. »Na endlich.«

In der Krankenhauscafeteria hole ich drei Frikadellen und drei Cola. Mit dem vollen Tablett gehe ich vorsichtig zu dem allerletzten freien Tisch ganz in der Ecke.

»Auf Fitz«, sagt Adam. Er hält die Frikadelle hoch. »Weil sie nicht das blödeste Mädchen ist, das ich kenne.«

»Auf Fitz!«, ruft Primula, während sie ihre Frikadelle auch hochhält. »Weil sie immer ehrlich ist. Und weil sie mir beibringt, wie man ist, wenn man *nicht krank* ist.«

Wir prosten uns mit unseren Frikadellen zu und kauen danach wortlos. Die Cafeteria ist überfüllt mit Besuchern, Patienten und Gruppen von Krankenpflegern, die so tun, als wären sie auf Klassenfahrt. Wir sitzen an dem einzigen Tisch ohne Erwachsene.

»Jetzt müssen wir aber echt anfangen«, sagt Primula. Sie hat ihre Frikadelle ruck, zuck verputzt.

»Wie bringen wir Yasmine und den Doktor zusammen?«

Ich seufze. »Nun denk doch mal nach. Hast du heute jemanden mit einem Baumstamm im Bauch gesehen? Nein! Das hier ist also keine Krankenhausserie. No way, dass wir Yasmine und de Gooier miteinander verkuppeln.«

»Da springst du lieber in einen Vulkan«, sagt Adam munter zu mir.

»Ja, zufälligerweise!«

Primula runzelt die Stirn. »Warum solltest du das tun?«

»Ist doch egal«, sage ich schnell.

Aber sie wendet den Blick nicht von mir ab. »Das ist überhaupt nicht egal«, sagt sie. »Ich will nicht, dass du in einen Vulkan springst. Und ich verstehe es auch nicht. Warum dürfen wir nicht dafür sorgen, dass sich ein Doktor und eine Krankenschwester ineinander verlieben?«

»Weil sie nicht verliebt bleiben!«, rufe ich. »Weil sie sich später wieder scheiden lassen, und was soll ich ihren Kindern dann sagen? Ach, ich habe mich gelangweilt und da habe ich dafür gesorgt, dass sich eure Eltern ineinander verlieben? Tut mir leid, dass ihr euch jetzt mit Hin-und-her-Taschen abschleppen …«

Ich nehme einen viel zu großen Schluck Cola und fange an zu husten.

»Wer sagt denn, dass sie sich scheiden lassen?«, fragt Primula erstaunt.

»Google!« Ich räuspere mich. »Ernsthaft, an Silvester habe ich mir mindestens hundert Websites angesehen. *Ein Drittel* aller Ehen geht schief.«

Ich sehe, wie Adam mich anschaut, aber ich richte mich nur an Primula.

»Stell es dir kurz vor – es ist eine Textaufgabe. Da sind neunhundert Brautpaare. Neunhundert weiße Kleider, neunhundert mehrstöckige Torten, tausendachthundert Goldringe. Und während die neunhundert Brautpaare zum Alter schreiten, wissen sie genau, dass sich dreihundert von ihnen nach einer Weile wieder scheiden lassen. Das ist doch unglaublich irrsinnig dumm?«

Primula ist offensichtlich nicht beeindruckt. »Aber dann kann Yasmine doch genauso gut zu den sechshundert …«

Sie sagt nichts mehr, weil ihr Sträflingsanzug anfängt zu singen.

Ganz kurz frage ich mich, ob der Chirurg, der sie operiert hat, aus Versehen sein Handy in ihrem Brustkorb vergessen hat. Aber da zieht sie den Reißverschluss schon bis zur Unterhose auf und ich sehe, dass mit Krankenhaustape ein Handy auf ihren Bauch geklebt ist. Sie reißt das Teil los und meldet sich.

»Hallo Papa! Ja, ich bin schon unterwegs …«

Sie zieht den Anzug schnell wieder zu.

»Ich muss weg«, sagt sie zu uns. »Wir haben einen Termin mit dem Herzchirurgen, Doktor Wong. Und –«, sie fängt an zu flüstern, »das weiß sonst keiner, aber *ich bin in Doktor Wong verliebt*. Und es ist mir ganz egal, was Google darüber sagt!« Ihre Augen glänzen. »Es ist unglaublich romantisch, weil er mich ja operiert hat. Und ihr wisst ja, was das bedeutet …«

Wir haben keine Ahnung.

»Doktor Wong hat mein Herz berührt. Und zwar in echt. Er hat meine Haut aufgeschnitten, meine Rippen durchgesägt und mein Herz in seinen Händen gehalten. Und dann hat er mir eine neue Herzklappe gegeben, damit ich am Leben bleibe.«

»Irre romantisch«, sagt Adam.

Primula nickt begeistert. Sie steht auf und sieht mich an. »Wo ist unsere nächste Besprechung?«

Ich zögere.

Ich werde mich hüten, ihr bei diesem schrecklichen Plan für Yasmine und Doktor de Gooier zu helfen. Aber es ist meine Schuld, dass Yasmine Probleme bekommen hat. Ohne mich wäre sie niemals mit Sterillium erwischt worden. Vielleicht können wir uns ja doch *irgendwas* für sie einfallen lassen. Etwas Kleines ohne Liebe, ohne Männer und ohne Probleme. Mal angenommen, so etwas würde es geben.

»Im obersten Stockwerk«, sage ich. »Da ist ein Gang mit riesigen Fenstern. Als würde man im Kino sitzen. Da treffen wir uns.«

»In einer halben Stunde bin ich da«, sagt Primula. »Und ihr dürft ohne mich keine Pläne machen! Ich will nichts verpassen.«

11

Es fühlt sich seltsam an, plötzlich wieder mit Adam allein zu sein.

Jetzt, da er keine Frikadelle mehr von mir bekommt, gibt es eigentlich gar keinen Grund, noch zusammen zu bleiben. Er ist fünfzehn, ich bin zwölf. Er sieht umwerfend aus, ich habe strähnige Haare und rote Augen. Er will heiraten, ich springe lieber in einen Vulkan.

Offensichtlich fragt er sich auch, was er hier macht, denn er nimmt sein Handy und schreibt eine Nachricht. Einen Moment später höre ich ein durchdringendes Pling. Er grinst und fängt wieder an zu tippen.

Wenn man sich wirklich einsam fühlen will, sollte man sich jemandem gegenübersetzen, der ununterbrochen sein Handy anlacht. Ich starre auf den Fernseher in der Ecke und es gibt mich nicht mehr. Eine endlose Reihe weißer Bilder zieht an mir vorbei: Autos im Schnee, fallende Menschen im Schnee, tollende Hunde im Schnee, verschneite Bäume im Schnee, Schneehaufen im Schnee.

»Genug Zeit vergeudet!« Adam sagt es so plötzlich, dass ich vor Schreck zusammenzucke. »Ich gehe zu Yasmine. Ich muss wissen, wie schlimm sie eins auf den Deckel bekommen hat.«

Ich starre noch immer auf den Fernseher, während er aufsteht.

»Kommst du mit?«, fragt er entspannt.

Unter dem Tisch knete ich meine Hände ineinander. »Wir dürfen doch nicht mehr auf die Station?«

»Nicht zum Spaß, nein. Aber wenn es nicht anders geht.« Er seufzt. »Es bleibt uns wohl nichts anderes übrig. Wir besuchen Benjamin.«

Es fühlt sich an, als hätte er mitten durch die kochende Lava ganz kurz mein Herz berührt.

Ich darf mit zu Benjamin.

»Dieses Mal ist es ernst gemeint«, sagt er, während wir fünf Treppen nach oben steigen. »Hast du die Windpocken schon gehabt?«

»Ja …« Ich bin außer Atem. »Ich hatte überall Bläschen und es juckte wie verrückt.«

Die Luft ist schwer und riecht nach Medikamenten. Aber wir hatten beide keine Lust mehr auf den Aufzug. Irgendwann hat man genug von traurigen Omas und Männern mit Tropfständern.

»Und jetzt?«, fragt Adam. »Hast du Fieber, Durchfall, Bauchweh, schnotterst du rum?«

»Ich habe überhaupt nichts.«

Ich bleibe stehen und sehe ihn an. Mein Herz rast. »Ich muss es wissen. Ehe ich ihn sehe. Wer ist Benjamin?«

Wir sind in einem Gebäude voller Elend und ich will vorbereitet sein. Bekomme ich gleich einen Kahlkopf zu

Gesicht? Jemanden mit nur einem Bein, schrecklichen Schmerzen oder jemanden im Koma?

»In diesem Moment«, sagt Adam, »ist Benjamin noch überhaupt niemand. Aber er soll mal mein Bruder werden.«

»Er *soll*?«

»Er ist heute minus sechsundsiebzig Tage alt.«

Ich schlucke. »Ich wusste nicht, dass man dann leben kann …«

»Kann man eigentlich auch nicht.« Adams Gesicht ist eine Maske. »Ein Baby braucht vierzig Wochen, bis es fertig ist. Aber Benjamin wurde nach achtundzwanzig Wochen geboren. Seine Lungen sind noch nicht fertig, sein Darm funktioniert noch nicht, in seinem Herz ist ein Loch, das noch zuwachsen muss … Hast du *E. T.* gesehen?«

»Den Film über so ein außerirdisches Wesen, das die ganze Zeit nach Hause telefonieren will?«

Adam nickt. »So sieht mein kleiner Bruder aus. Wie ein winziger E. T. Und trotzdem finden meine Eltern ihn das schönste Baby der Welt.«

Er starrt auf die Neonröhren an der Decke. »Stell dir vor, dass auf einem dunklen Steg ein blutüberströmter Zombie mit einem Beil auf dich zukommt. Und dass deine Eltern dann sagen: Ach, das ist ja so ein netter Mann! So fühlt es sich jetzt schon eine Woche lang an.«

Ich beiße mir auf die Lippe.

Stell dir vor, *Glücklich verheiratet, glücklich*

getrennt liegt schon seit einer Woche auf dem Küchentisch. Und dass deine Eltern dann sagen: Ach, das ist ja so ein nettes und nützliches Buch!

Wortlos gehe ich weiter. Ich schaue auf die glatten, grauen Stufen und sonst nirgendwo hin. Nach einer Weile höre ich Adams Schritte wieder hinter mir.

Wir stehen wieder vor dem blitzeblanken Empfangstresen.

»Jetzt bin ich da«, sagt Adam. »Ich besuche Benjamin. Und meine Cousine kommt mit.«

Dieses Mal lacht uns die Frau mit der grünen Brille nicht an.

»Ich rufe Yasmine«, sagt sie ernst.

Während wir warten, sehe ich mir die weiße Tafel gegenüber vom Tresen an. In der ersten Spalte stehen die Babynamen: *Olivia – Angel – Benjamin – Emir – Pim – Ziva*. Dahinter steht, in welchem Raum das Baby liegt und welche Krankenschwester sich an welchem Tag um das Kind kümmert.

Plötzlich pufft Adam mich in die Seite. Schnell drehe ich mich um. Nicht Yasmine kommt dort angelaufen, sondern Doktor de Gooier. Aus der Brusttasche seines weißen Kittels ragen fünf silberne Stifte. Seine blonden Haare glänzen, als würde in jeder Locke eine winzige Weihnachtsbeleuchtung stecken.

»Da seid ihr ja wieder.« Er schaut auf uns hinab. Er ist Gott und wir sind Bettler, die auf einen Kanten Brot hoffen. »Adam, du weißt, dass du Benjamin nur mit deinem Vater oder deiner Mutter zusammen besuchen darfst.«

»Aber meine Eltern mussten heute zu meiner Oma! Sie hat sich gestern die Hüfte gebrochen …«

De Gooier nickt ernsthaft. »Und in der Zwischenzeit sorgen wir gut für deinen kleinen Bruder.«

Adam schaut auf den Boden. »Wird Yasmine entlassen?«

»Nein«, sagt der Doktor, »sie wird nicht entlassen.«

»Bekommt sie eine Strafe?«, frage ich.

»Das hier ist kein Kindergarten. Noch mehr Fragen?«

»Komm mit«, sagt Adam heiser zu mir. Er dreht sich um und geht weg.

Ich bleibe stehen.

Doktor de Gooier geht zum Kaffeeautomaten und zieht sich einen Espresso. Während die Maschine anfängt zu summen, stelle ich mich neben ihn. Bettler zu sein fühlt sich nicht angenehm an, aber das ist jetzt egal. Er muss es einfach verstehen.

»Wissen Sie, was ich mit dem schwarzen Stift auf meine Stirn geschrieben hatte?«, frage ich. »Warum ich unbedingt Sterillium brauchte?«

Er sagt nichts.

»Mama soll sterben«, sage ich. »Das stand da. Und darum musste Yasmine mir helfen.« Ich schaue zu ihm hoch. Er ist mindestens zwei Meter groß und ich bin mir sicher, dass es Türen gibt, durch die er nicht hindurchpasst. »Sind Ihre Eltern noch zusammen?«

Er nimmt den Becher aus dem Automaten und runzelt die Stirn. »Das geht dich eigentlich gar nichts an, aber sie haben sich scheiden lassen, als ich dreizehn war.«

»Wirklich? Meine Eltern haben sich scheiden lassen, als ich zwölf Jahre und zwei Wochen alt war.«

Er rührt in seinem Kaffee. »Wie alt bist du jetzt?«

»Zwölf Jahre und drei Wochen.«

Einen Moment ist es still.

»Das tut mir leid für dich«, sagt er dann.

Am Ende des Flurs sehe ich Adam stehen. Er wartet auf mich, aber ich will noch nicht weg. Ich kenne sonst keinen einzigen Erwachsenen mit geschiedenen Eltern. Oder vielleicht weiß ich es bloß nicht. Vielleicht hat meine Kindergärtnerin sich jahrelang mit einer Hin-und-her-Tasche abgeschleppt. Vielleicht haben mein Sportlehrer und der Friseur und der Ministerpräsident allesamt Eltern, die nicht mehr zusammen sind. Nur reden sie nicht darüber.

»Ist es jetzt weniger schlimm als damals?«, frage ich Doktor de Gooier. »Sie haben jetzt bestimmt ein eigenes Haus. Und Sie retten Babys. Sind Sie noch genauso wütend wie damals, nach der Scheidung?«

»Nein.« Er fängt an zu lachen. »Zum Glück für alle Beteiligten bin ich nicht mehr so wütend wie damals.«

Er kippt den restlichen Kaffee runter, wirft den Becher in den Abfall und schlägt mir plötzlich auf die Schulter. Ich zucke zusammen. »Komm, hol James Dean mal. Ich geh mit euch zu Benjamin. Fünf Minuten, nicht länger.«

Ich hab keine Ahnung, wer James Dean ist, aber er zeigt auf Adam. Während ich durch den langen Gang langsam auf ihn zugehe, kribbelt mein Blut bis in die Fingerspitzen. Ich selbst würde noch immer lieber in einen Vulkan springen. Aber wenn ich für Yasmine entscheiden müsste: Doktor de Gooier oder kochende Lava – dann nähme ich vielleicht doch den Doktor.

Die *Neonatologie-Intensivstation* darf man nicht einfach so betreten. Adam und ich müssen uns erst gründlich vorbereiten. Alles, was wir in den Taschen haben, wird in ein Schließfach gelegt, zu unseren Pullovern. Die Ringe verstecke ich unter Adams Portemonnaie.

Wir waschen uns die Hände und Unterarme mit ganz viel Seife und danach reiben wir sie mit Sterillium ein. Während der Alkohol verdampft, schaue ich Adam an. Er sieht nicht so aus, als wäre er mir besonders dankbar, dass wir jetzt zu seinem kleinen Bruder dürfen.

»Du bist doch wohl schon mal bei ihm gewesen?«, flüstere ich.

»Am Tag nach Weihnachten, als er gerade geboren war. Aber danach ging es ihm immer schlechter. Er sollte zunehmen, aber er wurde immer nur leichter.« Er verzieht keine Miene.

»Zufälligerweise lege ich nicht besonders viel Wert darauf, zuzusehen, wie jemand, den es noch gar nicht gibt, langsam stirbt.«

Ich will mir nicht anmerken lassen, dass ich nervös

bin. Doktor de Gooier öffnet die graue Tür und wir folgen ihm in den Raum.

Es ist wärmer und gruseliger, als ich erwartet hatte. Die Neonatologie ist kein gemütliches Babyzimmer, sondern eine blitzsaubere Fabrik. In der Mitte stehen drei Roboterwiegen auf ausziehbaren Beinen. Um sie herum brummen graue Maschinen: Monitore mit bunten Grafiken, Wärmelampen und unbekannte Apparate. Man hört Piepsstöne und Blasgeräusche, aber kein Weinen. Jeder Brutkasten hat eine Plastikhaube und darüber liegt noch eine Decke, die Babys sind also unsichtbar.

Zusammen mit Doktor de Gooier gehen wir zu der hinteren Roboterwiege. Ich werfe einen schnellen Blick auf Adam. Ich verstehe jetzt, warum er so blass ist. Es fühlt sich an, als wären die Babys hier nicht normal geboren worden, sondern als wurden sie *gezüchtet*.

Und dann lupft Doktor de Gooier die Decke und durch ein rundes Fenster können wir Benjamin sehen. Ich muss mich sehr zusammenreißen, um nicht zurückzuweichen.

Das Wesen da drinnen trägt nur eine Windel und ein blau gestreiftes Mützchen. Sein Gesicht sieht aus wie das von einem steinalten Mann und sein nackter Bauch hebt und senkt sich rasend schnell. Seine trockene, faltige Haut hat keine normale Babyfarbe, sondern ist durchsichtig rot.

Durch das Fenster sehe ich ein winziges Händchen,

das sich ein wenig bewegt. Die rosaroten Fingerchen sind fast durchsichtig und ich habe einen Kloß im Hals. Kann so ein Winzelwesen mit Hutzelgesicht jemals ein normales Baby werden? Ein normaler Bruder? Ein Mensch?

»Hat Adam dir erzählt, wozu die Schläuche da sind?«, fragt Doktor de Gooier leise.

Ich schüttle den Kopf.

»Die weißen runden Klebedinger auf seinem Körper messen, wie es ihm geht. Sie beobachten seine Atmung, seinen Herzschlag und seine Temperatur. Durch die Infusion im Arm wird er gefüttert und der Schlauch in seiner Nase führt ihm zusätzlichen Sauerstoff zu.«

»Kann er uns hören?«, flüstere ich.

»Sicher.«

In meinem Kopf saust es, aber ich will keine Angst haben. Das hier ist kein Marsmännchen, sage ich zu mir selbst – das ist ein kleines Kind. Ein Menschlein, das zwar noch kurz hierbleiben muss, das aber schon fast fertig ist.

Ich schaue zu Adam.

»Als ich noch im Bauch war«, sage ich leise, »hat meine Mutter für mich gesungen. Damit ich ihre Stimme kennenlerne. Wenn du jetzt …«

Aber Adam singt nicht. Reglos starrt er auf das schönste Baby der Welt. Jeder Muskel in seinem Körper ist angespannt. Als stünde er einem Zombie mit einem Beil gegenüber.

Ich balle die Fäuste. Vielleicht ist Benjamin noch

kein normaler kleiner Bruder, aber er ist auf jeden Fall ein Patient. Ich muss das schaffen.

»Schlaf, Kindchen, schlaf …«, fange ich ganz leise an.

Mein winziger Patient zieht die Nase kraus und macht aus seinem Winkehändchen eine Minifaust. Ich habe Gänsehaut.

12

Ich will tausend Sachen, die alle nicht gehen.

Ich will Fragen über Benjamin stellen, aber ich habe Angst vor den Antworten.

Ich will, dass Adam nicht mehr guckt, als wäre die ganze Welt ein Krankenhaus.

Sein Handy klingelt. Wir haben die Station gerade verlassen und er bleibt vor einem großen Fenster stehen.

»Hallo?« Er sieht mich an. »Ja, die ist hier ...« Er reicht mir das Telefon. »Deine Mutter.«

Sofort spüre ich die Schraube in meinem Bauch wieder.

»Wird die Fingerkuppe jetzt wieder angenäht?«, frage ich schnell.

»Noch nicht so ganz«, sagt meine Mutter. »Aber wir finden, dass du jetzt lange genug durch das Krankenhaus geirrt bist.«

»Ich komme zurück, wenn wirklich genäht wird«, sage ich energisch. Ein Mann in einem Fußballshirt geht vorbei. Sein Arm ist eingegipst und er hat ein violett geschwollenes Auge.

»Felicia«, sagt Mama, »ich weiß, dass du grässliche Ferien hast. Aber das heißt nicht, dass du dich jetzt für immer danebenbenehmen kannst! Irgendwann reicht es mal und du musst dich wieder normal verhalten.«

Ich schließe die Augen und sehe Benjamins Opagesichtchen vor mir, Primulas Reißverschluss und Bentes Fingerkuppe.

»Deine Schwester ist verletzt«, sagt Mama leise. »Bente ist unglaublich tapfer und du lässt sie dermaßen im Stich. Was meinst du eigentlich …«

»Ich habe mir den Arm gebrochen!«, rufe ich. Mein Herz fängt an zu hämmern.

»Was?«

»Wir sind nach draußen gegangen und da bin ich ausgerutscht, im Schnee. Ich bin jetzt im Gipsraum, und sobald sie fertig sind, komme ich zu euch. Aber jetzt muss ich auflegen, es geht los!«

»Warte!«, ruft meine Mutter. »Wo …«

Ich drücke sie weg und gebe Adam das Handy wieder. Fast im selben Moment klingelt es erneut.

»Ich will sie nicht mehr sprechen!«

Adam schüttelt den Kopf. »Es ist nicht für dich.« Er geht ran. »Mam?«

Meine Hände zittern. Ich falte die Arme um meinen Bauch und stelle mich vor das kalte Fenster. Die Stadt hat sich in die Antarktis verwandelt. Dächer, Bäume, Straßen – alles ist schneeweiß. Autos fahren im Schritttempo oder stehen völlig still. Nur ein paar Pinguine fehlen noch.

»Echt?«, höre ich Adam fragen. »De Gooier hat euch angerufen? Was für ein Loser.«

Er seufzt. »Normal. Oder na ja – *normal* … Er sieht noch immer aus wie E.T. Für *Teil II* dürfen sie ihn sich ruhig ausleihen.«

Ich schiebe die Hände in meine Hosentaschen und kneife in die Eheringe. In meinem Kopf wirbelt ein Schneesturm, der mein Gehirn fast gefrieren lässt.

»Achtundvierzig Kilometer Stau?«, fragt Adam. »Was sagt der Verkehrsfunk?«

Er hört zu. Und dann plötzlich überschlägt sich seine Stimme fast. »Ich soll känguruen? Du spinnst wohl!« Er schüttelt den Kopf. »Das ist nicht mal erlaubt. Nur Eltern dürfen das.«

Einen Moment ist er still. »Hat de Gooier das gesagt? Echt, vergiss es!«

Ohne Vorwarnung wirft er sein Telefon gegen das Fenster. Es landet knapp neben meinem Kopf und ich mache vor Schreck einen Satz nach hinten. Das Handy fällt in drei Teile auseinander und plötzlich ist es mucksmäuschenstill um uns herum.

Ich starre auf die Bruchstücke, als wären es Fingerkuppen. Das graue Display ist von Rissen überzogen wie ein vereister See. In meinem Kopf höre ich *tüüüt-tüüt-tüüt*, aber das ist Unsinn.

Vorsichtig schaue ich zu Adam. Seine Haare hängen ihm vor den Augen und sein Gesicht ist starr. Vielleicht bekommt man in den höheren Klassen ja sogar Training darin: Wie gucke ich, als wäre mir die gesamte Welt vollkommen egal.

In einem halben Jahr bekomme ich bestimmt auch so

ein Training. Bis es so weit ist, brauche ich manchmal eine Tigermaske.

Adam schiebt die Bruchstücke mit dem Fuß zusammen und steckt sie in die Hosentasche. Schweigend stellt er sich neben mich.

»Känguruen?«, frage ich, während ich mir den Schnee anschaue.

»Ich denke ja gar nicht daran.«

»Was ist das denn?«

Er seufzt. »Der Vater oder die Mutter setzt sich mit nacktem Oberkörper neben den Brutkasten. E.T. wird herausgeholt und an die Elternbrust gelegt. Da bleibt er mindestens eine Stunde liegen.«

Ich ziehe die Nase kraus. »Warum sollte man das machen?«

»Das soll gut sein für außerirdische Wesen ...« Er starrt auf die weiße Stadt. »Meine Eltern stecken im Schnee fest. Ich hatte sie noch gewarnt, aber sie wollten ja unbedingt zu Oma. Und jetzt wollen diese Idioten also, dass ich kängurue. Weil sie nicht rechtzeitig im Krankenhaus sein können. Als wenn ich mich hier lächerlich machen würde mit dem halb toten Ding im Arm ...«

»Aber wenn es Benjamin doch guttut?«

Er sieht mich an und ich erschrecke vor seinem Gesicht.

»Im Ernst«, sagt er leise, »ich habe dieses Monster wirklich mehr als satt.«

»Aber er ist doch erst seit einer Woche da!«

Er schüttelt den Kopf. »Du hast wirklich keine Ahnung. Also … Wenn es nach meinen Eltern gegangen wäre, wären wir nicht fünfzehn Jahre auseinander, sondern nur drei. Es läuft darauf hinaus, dass sie mit ihm zugange sind, seit ich drei bin. Meine Mutter hatte sieben Fehlgeburten. Sie ist einundvierzig. Und jetzt ist endlich etwas da, das sie ein Baby nennen.«

Er streicht sich die Haare aus dem Gesicht.

»In den vergangenen zwölf Jahren habe ich bergeweise Strafarbeiten bekommen und in einem Theaterstück mitgespielt und auf den Fingern pfeifen gelernt und eine Gehirnerschütterung bekommen und ich hatte zwölf Mal Geburtstag. Und die ganze Zeit …« Er räuspert sich. »Die ganze Zeit waren meine Eltern mit dem Nächsten beschäftigt. Mit dem Kind, das noch *nicht* da war.«

Ich sehe ihn an und verstehe nicht, wie man mit ihm in einem Haus wohnen kann, ohne ihn zu sehen. Wie man mit dem Nächsten beschäftigt sein kann, wenn man Adam hat.

Ich warte mindestens eine ganze Minute, bis ich sicher bin, dass er nichts mehr sagen will.

»Wenn du doch nicht zum Känguruen gehst … Hilfst du mir dann, Gips zu stehlen?«

»Was?«

Ich beiße mir auf die Lippe. »Wenn ich gleich zu Bente gehe, muss ich einen gebrochenen Arm haben. Wenn wir jetzt also schnell Gips klauen, kannst du mich eingipsen. Ich habe heute Morgen gesehen, wie das geht.«

Er starrt mich eine ganze Weile lang an.

»Soll ich dir erst noch den Arm brechen?«, fragt er dann. »Damit es echter wirkt?«

Ich denke an sein Handy. An das Display voller Risse. Und dann schlage ich mir die Hand vor den Mund.

»Wir haben Primula vergessen!«

13

In dem Gang mit der Fensterwand am Ende ist das Licht jetzt noch grauer als zuvor. Primula sitzt in dem einsamen Rollstuhl und starrt über die verschneiten Häuser, als wären sie Wellen. Erst als Adam und ich ganz nah hinter ihr stehen, dreht sie sich um.

»Ich dachte, ihr würdet nicht mehr kommen«, sagt sie empört.

Und dann fängt sie plötzlich an zu weinen. »Ich dachte, ihr fändet mich blöd! Ich dachte, ihr würdet denken: Haha, wir lassen sie einfach da ganz allein sitzen, bis sie stirbt!«

Hinter ihr sieht die weiße Welt aus wie eine Weihnachtskarte. Oder wie ein Krankenhaus.

»Papa hat mich noch gefragt: Soll ich bleiben, bis Mama kommt, oder kann ich noch kurz zu meiner Versammlung? Und da habe ich gesagt: Geh ruhig, ich muss eh zu meinen Freunden! Und dann habe ich auch noch Ermittlungen für Yasmine und den Doktor angestellt!«

Sie hält ein Notizbuch mit rosa Herzchen hoch und wischt sich mit ihrem schwarz-weißen Ärmel die Nase ab.

Adam gibt mir einen Schubs in den Rücken. »Du hast

sie heute Morgen gefunden«, flüstert er. »Und du bist ein Mädchen. Tu was!«

Zögernd hocke ich mich vor sie hin.

»Äh – Primula …«

Sie sieht mich fragend an. Ihre grauen Augen glänzen vor Tränen.

Ich räuspere mich. »Hättest du vielleicht Lust, zusammen mit uns Gips zu klauen?«

Sie setzt sich gerade hin. Aber dann sinkt sie wieder im Rollstuhl zusammen.

»Als wenn ihr das nicht zu zweit könntet«, sagt sie wütend. »Wenn es ein Röntgenapparat wäre, nun gut. Aber wie viele Leute braucht man denn wohl, um Gips zu klauen?«

»Aber du bist unsere Tarnung! Mit dem Rollstuhl und deiner Narbe können wir die Aufmerksamkeit ablenken …«

Adam nickt. »Wir brauchen dich unbedingt.«

Ich hoffe, dass Primula niemals ein Gleichgültigkeitstraining bekommt. Sie fängt an zu strahlen und plötzlich schlinge ich die Arme um sie.

Im Schneckentempo gehen wir durch den Gang. Primula hängt im Rollstuhl und lässt die Arme schlaff über die Lehnen baumeln. Ihr Sträflingsanzug ist halb aufgezogen, so dass alle den Verband auf ihrer Brust sehen können. Adam kriecht gebückt hinter dem Rollstuhl her und ich halte mit trauriger Miene Primulas schlaffe Hand fest.

Keiner traut sich, uns anzusehen, dafür sehen wir viel zu erbärmlich aus.

»Weißt du«, sagt Primula traurig, »Doktor Wong meint, ich kann vielleicht Montag schon nach Hause.«

»Echt?«, frage ich, während ich weiterhin traurig gucke.

Sie seufzt tief. »Er hat mir gerade zwei Mal die Hand gegeben und an meiner Narbe gefühlt. Und jetzt habe ich die ganze Zeit *All I want for Christmas* im Kopf.«

Als der Gang einen Moment ganz leer ist, setzt sie sich gerade hin und fängt an zu singen. Adam und ich sehen uns erstaunt an. Ihre warme, klare Stimme klingt wie heißer Kakao nach einem Tag auf dem Eis.

»Du solltest zusammen mit Yasmine eine Krankenhausband gründen«, sagt Adam.

Aber Primula schüttelt den Kopf. »Keine Krankenhausband, eine echte. In ein paar Tagen bin ich hier weg, hast du das schon vergessen?« Plötzlich hallt ihre Stimme durch den Gang. *»Zu Weihnachten da will ich Wo-ong!«*

»Schscht!«, flüstern wir sofort.

Ich kneife in ihre Hand. »Jetzt musst du still sein, hinter der nächsten Tür geht's echt los.«

Schnell lässt sie sich wieder in den Rollstuhl sacken. Ich drücke auf den roten Knopf an der Wand und die Tür schwingt auf.

In der Notaufnahme herrscht weniger Betrieb als heute Morgen. Wahrscheinlich ist den Leuten inzwischen klar geworden, dass es glatt ist, und sie sind vorsichtiger. Oder die Stadt liegt voller Verletzter, die es wegen des Schnees gar nicht erst bis ins Krankenhaus schaffen.

»Da«, flüstere ich Adam zu. »Das Zimmer da rechts ist es.«

Wir schieben mit dem Rollstuhl um die Ecke und bleiben stehen. Das Gipszimmer ist voll. Alle fünf Liegen sind besetzt und überall schwirren Familienangehörige und Krankenpfleger herum. Hier Gips zu klauen funktioniert niemals.

»Wie können die Leute nur so blöd sein.« Primula schaut sich seufzend die Patienten an. »Eisbären brechen sich doch auch nicht ständig die Pfoten?«

»Es gibt hier auch noch Gipszimmer für eine Person«, flüstere ich. »Das war hier links, meine ich ...«

Wir dürfen nur nicht an Behandlungszimmer neun vorbeikommen. Wenn Papa und Mama mich ohne gebrochenen Arm sehen, wissen sie, dass ich eine genauso große Lügnerin bin wie sie selbst.

»Dieses hier ist leer!«, flüstert Primula.

Adam schiebt den Rollstuhl ins Zimmer und ich ziehe rasch den Vorhang zu. Der Fußboden ist mit feinem weißem Staub bedeckt und es riecht nach Kreide.

»Erst mal brauchen wir so einen Socken ...«

Mit klopfendem Herzen gehe ich zu der Reihe weißer Socken an der Wand. Ich nehme eine Schere von der Spüle und schneide vorsichtig ein Stück von dem zweitkleinsten Socken ab. Ich krempele meinen linken Ärmel hoch und ziehe mir den weißen Socken über den Arm. Dann sehe ich Adam an.

»Kannst du mal das Daumenloch schneiden?«

»Du willst das doch nicht etwa hier machen?«, flüstert er. »Du bist verrückt! Wir sollten den Gips doch nur stehlen.«

»Aber hier liegt alles, was wir brauchen …«

Er schüttelt den Kopf. »Wenn wir erwischt werden, fliegen wir hier raus. Da bin ich mir ganz sicher.«

Ich schaue in sein ernstes Gesicht und plötzlich verstehe ich. Bentes Fingerkuppe wird heute noch angenäht. Ich brauche hier nur ein paar Stunden zu sein, aber niemand weiß, wie lange E. T. noch in seiner Roboterwiege liegen muss.

»Lass mich das machen«, flüstert Primula. »Mich können sie nicht rauswerfen!«

Ich sehe, dass Adam zögert. Wir kennen uns erst ein paar Stunden. Er braucht sich das hier nicht für mich zu trauen.

»Gib mir die Schere«, sagt er ein wenig ruppig. »Primula schneidet dir bestimmt den Daumen ab.«

Ich setze mich aufs Bett und Adam stellt sich dicht neben mich. Sehr sorgfältig schneidet er ein Loch im Eheringformat in den weißen Socken. Dieses Mal benutzt er kein Sterillium, ich weiß jetzt also, wie er riecht. Nach frischem Schnee und Pommes.

»Jetzt muss da Watte drum«, sage ich leise, »und dann kommt der Gips. Ich will keine komische Farbe, einfach weiß.«

»Darf ich gleich meinen Namen auf deinen Arm schreiben?«, flüstert Primula.

Ich nicke.

Als der Krankenpfleger sich um den Arm des mächtig dicken Mannes gekümmert hat, hab ich gesehen, wie man das macht. Um den Socken wird eine Watteschicht gelegt und danach kommt der Gipsverband. Das ist ein großes, trockenes Paket, das sich rau anfühlt. Man taucht das ganze Teil ins Wasser und faltet es dann um den Arm herum.

Ich erzähle Adam genau, was er tun muss, und sehe, dass es ihm allmählich Spaß macht. Seine Hände bewegen sich schnell und zittern nicht. Sein Mund lacht ein wenig.

Und dann hören wir Schritte.

Adam erstarrt. Primula sieht mich mit großen Augen an und ich spüre mein Herz bis in die Zehen. Mucksmäuschenstill warten wir ab. Der Vorhang weht kurz auf, aber keiner kommt rein.

Adam holt tief Luft und fängt an zu grinsen.

Vorsichtig faltet er den nassen Gips um meinen Arm. Durch den Socken und die Watte fühlt es sich nicht kalt oder nass an, aber mein Arm wird sofort viel schwerer.

»Was meinst du?«, fragt er leise. »Noch eine Schicht, sicherheitshalber?«

Ich nicke.

»Es sieht so echt aus«, flüstert Primula. »Ich wollte, ich hätte auch was gebrochen ...«

Die zweite Schicht ist unterwegs. Der nasse Gips tropft zu allen Seiten. Schnee schmilzt in durchsichtigen Tropfen, aber die Tropfen, die jetzt auf den Boden fallen, sind weiß.

»Der bleibt jetzt drei Wochen drum«, Adam klingt kühl und göttlich wie Doktor de Gooier, »und dann ist der Bruch geheilt.«

Die zweite Gipsladung schwebt über meinem Arm. Plötzlich höre ich in Gedanken ein Echo von heute Morgen: *eine Familie, die wirklich dringend eingegipst werden muss …*

»Warte!«, rufe ich.

Ich ziehe die Eheringe aus der Hosentasche und lege sie auf meinen weißen Arm. Mit dem Finger schiebe ich sie zusammen und sehe Adam an. »Zeit für die zweite Schicht.«

Er starrt auf die glänzenden Ringe. »Im Ernst? Sind das …«

»Meine Eltern haben solche Ringe als Eheringe!«, flüstert Primula.

»Jetzt mach schon, den Gips!«, flüstere ich ungeduldig.

In diesem Moment hören wir wieder Stimmen im Gang.

Blitzschnell faltet Adam den zweiten Gipsverband um meinen Arm. Die Ringe verschwinden, Adam drückt den Gips an, weiße Tropfen fallen auf meine Hose, Primula flüstert: »Beeil dich!«

Und dann wird der Vorhang zur Seite geschoben.

Eine Krankenschwester mit roten Haaren steht im Türrahmen. Sie sieht mich auf dem Bett sitzen, Primula im Rollstuhl, Adam daneben, aber keinen Arzt. Keine Krankenschwester. Keinen Vater, keine Mutter, keinen Opa und keine Tante.

»Seltsam.« Sie blickt erstaunt auf den alten Mann neben sich. »Ich dachte wirklich, dieser Raum sei frei.«

Adam hält seine weiß betupften Hände hinter den Rücken. Ich versuche zu schauen, als wäre ich verletzt.

»Meine Schwester hat sich den Arm gebrochen«, sagt Primula fröhlich. »Dieser blöde Schnee aber auch!«

»Wir sollen hier kurz warten.« Meine Stimme zittert. »Der Arzt kommt gleich wieder.«

Die rothaarige Schwester zieht die Augenbrauen zusammen. »Verrückt. Im Computer stand ...« Sie seufzt. »Ich schau eben noch mal nach.«

Sie zieht den Vorhang wieder zu und ich würde am liebsten laut schreien.

»Weg hier«, flüstert Adam.

»Aber ich brauche noch so ein Dreieckstuch«, sage ich.

»Dafür haben wir keine Zeit!«

Während er Primulas Rollstuhl aus dem Raum schiebt, springe ich vom Bett. Ganz kurz bleibe ich noch stehen, um den Gips glatt zu streichen. Er ist jetzt nicht mehr kalt, sondern fühlt sich komisch warm an.

Wenn man genau hinsieht, erkennt man oben auf meinem Arm zwei kleine Kreise. Sie überschneiden sich nicht, wie die Ringe der Olympischen Spiele. Aber sie berühren sich wohl.

14

Ich habe Angst, in Ohnmacht zu fallen.

Mein Gips ist noch nass, meine Hose ist mit weißen Flecken übersät und in ein paar Sekunden muss ich meinen Eltern erzählen, was genau passiert ist.

»Bleibt ihr noch kurz draußen«, flüstere ich Adam und Primula zu.

Und dann betrete ich Behandlungsraum neun.

Eine unbekannte Ärztin mit blondem Pferdeschwanz hält Bentes Hand fest. Sie ist groß und schlank und wickelt mit entschlossenem Gesicht den Verband von Bentes Finger ab. Mama steht daneben und Papa hockt immer noch auf dem Stuhl an der Wand. Er sitzt vornübergebeugt und stützt den Kopf in die Hände.

»Da bist du ja endlich!« Mama schaut sofort auf meinen Arm. »Ich hab dich mindestens hundert Mal angerufen, aber du bist nicht mehr rangegangen …«

»Du kommst genau rechtzeitig für die Operation!«, ruft Bente aufgeregt.

»Schatz, dein Arm …« Papa steht auf und will zu mir kommen. Aber dann wird er plötzlich kreidebleich und sackt zusammen.

Sein Kopf landet mit einem dumpfen Knall auf dem Boden.

»Papa!«, schreien Bente und ich gleichzeitig.

Ich renne zu ihm und lasse mich auf die Knie fallen. Mein Vater bewegt sich nicht. Seine Augen sind geschlossen, auf seiner Stirn perlt Schweiß und sogar seine Lippen sind weiß.

Die blonde Ärztin rennt schnell zur Tür und steckt den Kopf raus.

»Wir brauchen hier Hilfe!«, ruft sie laut.

Ohne eine Antwort abzuwarten, kniet sie sich neben Papa. Sie fühlt seinen Puls und ich halte den Atem an.

»Ist er tot?«, ruft Bente aus ihrem Bett.

»Nein«, sagt die Ärztin, »er …«

Und dann öffnet mein Vater die Augen.

»Weißt du noch, wie du heißt?«, frage ich sofort.

Sein Mund verzieht sich. Er rollt sich auf die Seite und schlägt die Arme um seine Knie. »Mein Bauch …«

»Bitte«, sagt die blonde Ärztin, »lassen Sie mich mal kurz fühlen.«

Papa nimmt die Knie ein wenig herunter und die Ärztin schiebt seinen Pulli und sein T-Shirt hoch. Vorsichtig drückt sie auf seinen Bauch. Mein Vater stöhnt.

»Wie lange haben Sie schon Schmerzen?«

»Heute Morgen gefallen«, flüstert er. »Mit dem Rad …«

Mir wird plötzlich eiskalt. Ganz genau sehe ich es vor mir: Wie Papa mir heute Morgen fröhlich zuwinkte. Wie sie blitzschnell hinfielen. Wie Bente auf dem Schlitten landete und Papa …

»Er ist mit dem Rad hingefallen«, rufe ich. Meine

Stimme zittert, aber ich will nicht weinen. »Er ist auf den Lenker gefallen – mit dem Bauch! Aber wirklich, ihm fehlte nichts. Bente hat geblutet, aber meinem Vater tat gar nichts weh.«

Douwe stürmt ins Zimmer und schaut erstaunt, als er Papa auf dem Boden liegen sieht. Hinter ihm kommt ein grauhaariger Arzt mit furchterregenden Augenbrauen. Ich muss zur Seite, weil der grauhaarige Arzt auch an Papas Bauch fühlen will. Wieder stöhnt mein Vater.

»Bretthart«, sagt der Arzt.

»Herr Nieuwenhuis ist heute Morgen auf seinen Fahrradlenker gefallen«, sagt die blonde Ärztin.

Der Arzt nickt. »Stumpfes Trauma. Wahrscheinlich müssen wir einen Ultraschall machen, aber ich will ihn erst am Monitor sehen. Douwe, holst du ein Bett? Ich gebe der Radiologie schon mal Bescheid.«

Douwe und der grauhaarige Arzt gehen wieder und Mama kniet sich schnell neben Papa. »Joost, du hättest sagen müssen, dass du Schmerzen hast.«

»So schlimm war's ja nicht ...«, sagt er heiser.

»Aber du hast die ganze Zeit hier gesessen und ich wusste nicht mal, dass dir was fehlt!«

Er atmet schwer.

»Das Bett ist da!«, ruft Douwe.

Zusammen mit zwei anderen Krankenpflegern schiebt er eine schmale Liege ins Zimmer. Mama und ich gehen zur Seite, dann passt es so gerade eben. Mit Hilfe von Douwe und einem Krankenpfleger, der aussieht wie ein Bodybuilder, richtet sich Papa langsam auf. Keuchend setzt er sich auf die Liege. Sobald er sich hingelegt hat, zieht er die Knie wieder an und schließt die Augen.

Ich starre auf die weiße Liege mit meinem Vater. Das hier kenne ich nur aus dem Fernsehen. Ärzte, die von allen Seiten herbeikommen, ohne dass man erst ewig mit einem Farbcode im Wartezimmer sitzen muss. Betten, die rasend schnell weggefahren werden. Unheimliche Schmerzen, die man nicht begreift.

Mama ist jetzt fast genauso blass, wie Papa es die ganze Zeit war. Ich sehe, wie sie von ihm zu Bente und mir schaut. Und dann wieder zu Papa.

»Joost«, sagt sie unsicher, »Bentes Operation fängt jeden Moment an … Ich glaube, dass ich hier …«

»Nein«, ruft Bente, »du musst mit Papa mitgehen!«

»Aber Süße, dein Finger …«

»Nun guck ihn dir doch an!«, rufe ich und meine Stimme überschlägt sich fast. »Natürlich musst du ihn begleiten. Ich bleibe hier bei Bente.«

Meine Schwester nickt. »Papa darf nicht alleine sein.«

Ganz kurz muss ich an das Gespräch von heute Morgen denken. Dass Papa sich alleine so schrecklich gefühlt hatte.

»Wir müssen jetzt wirklich los«, sagt Douwe ernst.

Die beiden Krankenpfleger fangen an zu schieben und meine Mutter nickt. Sie umarmt Bente und danach schlingt sie die Arme auch kurz um mich. Und dann sprintet sie auf ihren nigelnagelneuen Joggingschuhen hinter dem Bett her.

15

Es ist totenstill in Behandlungsraum neun. Wenn ich jetzt die Lippen nicht fest zusammenpresse, klappere ich mit den Zähnen. Ich habe noch immer Papas Wimmern im Ohr. In meinem Kopf wirbelt die Geheimsprache der Ärzte wie Schneeflocken durcheinander: *bretthart, stumpfes Trauma, Radiologie …*

Aber jetzt muss ich mich zusammenreißen. Meine kleine Schwester wird operiert und ich bin die Einzige, die ihre Hand halten kann. Mein Gips ist steinhart geworden und fühlt sich seltsam an. Als wäre ich ein Ritter, der nur einen Teil seiner Rüstung trägt.

Mitten in der Stille kommen Adam und Primula ins Zimmer.

Ich hatte vollkommen vergessen, dass sie die ganze Zeit auf dem Gang gewartet haben. Primula sitzt kerzengerade in ihrem Rollstuhl und Adam schaut mich besorgt an.

»Mein Cousin und meine Cousine«, sage ich schnell zu Douwe und der blonden Ärztin.

Erstaunt schauen sie von Primulas Rollstuhl zu meinem gebrochenen Arm und Bentes Fingerkuppe.

»Leider sind wir in unserer Familie im Augenblick alle nicht so gesund«, murmelt Adam.

Ich setze mich ganz nah neben Bente aufs Bett. Ihr Gesicht ist starr. Sie sieht aus wie eine Erstklässlerin am allerersten Schultag. »Dürfen Adam und Primula bei der Operation dabei sein?«, flüstere ich. »Ich kann sie auch wegschicken ...«

»Sie dürfen bleiben«, sagt Bente heiser. »Wenn sie nur nicht in Ohnmacht fallen.«

Ich nicke. Ich will auch nie mehr im Leben jemanden in Ohnmacht fallen sehen.

»Was ist denn nun mit unserem Onkel?«, fragt Primula beunruhigt. »Wir haben laute Geräusche gehört und dann wurde er plötzlich auf einer Liege rausgeschoben!«

Douwe und die blonde Ärztin sehen sich an. Ich habe keine Ahnung, was dieser Blick bedeutet.

»Mit seinem Bauch stimmt was nicht«, sagt Douwe schließlich. »Vielleicht eine Blutung, durch den Unfall heute Morgen. Nach dem Ultraschall kann der Arzt bestimmt mehr dazu sagen. Wir müssen also noch eine Weile Geduld haben ...«

Das kenne ich auch aus dem Fernsehen. Wenn es so richtig schlimm ist, klingt alles, was die Ärzte sagen, auf einmal nur noch ganz vage. *Wir tun unser Bestes. Wir müssen Geduld haben. Dann wissen wir bestimmt mehr.*

»Und jetzt ist es Zeit für Bente«, sagt die blonde Ärztin energisch.

Sie wickelt das letzte Stück Verband von Bentes Hand und ich spüre, wie ein Schauder durch meinen ganzen Körper rieselt. Als würde mir jemand Eis in den Nacken legen.

Douwe hatte Recht: Bente kann wirklich in einem Zombiefilm mitspielen. Ihre Hand ist mit getrocknetem Blut bedeckt, aber das Ende ihres Fingers ist hellrot und feucht. Das Blut dort ist nicht mehr flüssig, aber auch nicht geronnen. Jemand muss das Fleisch aus Bentes Finger gelöffelt haben. Und danach wurde die gelbe Haut mit einem glänzenden, tiefroten Blutpudding gefüllt.

Ich schüttele mich.

»Wie machen Sie das nur?«, frage ich die blonde Ärztin. »Sie gucken sich das an, als würden Sie ein Butterbrot sehen. Oder eine Fußmatte.«

»Man gewöhnt sich daran«, sagt sie ruhig. »Bente, du weißt, was wir jetzt machen?«

Bente nickt. Ihre Wangen sind warm und ihre Hand zittert. »Ich durfte es mir aussuchen. Wenn ich es zu schlimm finden würde, hätte ich die ganze Operation lang schlafen können und überhaupt nichts davon gemerkt. Ich kann aber auch eine spezielle Betäubung bekommen und dann ganz normal wach bleiben. Jetzt bekomme ich zwei Spritzen in den Finger und die tun ziemlich weh, aber danach spüre ich gar nichts mehr.«

Douwe nickt ernst. »Du würdest es dann nicht mal merken, wenn man dir den Finger abhacken würde. Pass also gut auf, was Doktor Sarah macht, die will natürlich deinen coolen Zombiefinger einsacken.«

»Ich guck gar nicht hin«, sagt Bente schnell. »Aber Fitz wohl. Die findet Wunden großartig.«

Ich sage nichts. Wenn es im Moment eine Sache auf der Welt gibt, die ich nicht großartig finde, dann sind es Wunden. Und am meisten hasse ich unsichtbare Wunden, die tief innen bluten, ohne dass jemand von ihnen weiß. Ich starre auf den Blutpudding. Hätten wir merken müssen, dass Papa Schmerzen hatte?

Ich will Douwe alles Mögliche fragen und gleichzeitig auch nicht. Erst muss die Fingerkuppe wieder dran sein. Vorher will ich gar nicht wissen, ob man an einem stumpfen Trauma sterben kann.

»Okay«, sagt Doktor Sarah. »Ich geb dir jetzt zwei Spritzen und danach warten wir eine Viertelstunde, bis die Betäubung richtig gut wirkt. Es sind gemeine Spritzen, aber danach tut dir wirklich nichts mehr weh …«

Ich finde es blöd, dass sie ständig wiederholen, wie weh die Spritzen tun. Wollen sie, dass man schon vorher Todesängste aussteht?

Bente muss sich flach aufs Bett legen, während Douwe ihr Handgelenk festhält. Die Hand mit dem blutigen Finger liegt auf einem Metalltischchen, das sie neben das Bett gerollt haben. Doktor Sarah macht eine Injektion fertig und ich sehe, dass Adam ein wenig blass wird. Primula hingegen sitzt auf der Kante ihres Rollstuhls und kann es gar nicht abwarten, bis die Nadel in Bentes Finger verschwindet. Sie hat natürlich schon viel gruseligere Spritzen bekommen.

»Diese Betäubung heißt Oberst«, erzählt Douwe. »Der deutsche Arzt Herr Oberst hat sie erfunden und darum wurde sie so genannt. Genau wie das Sandwich nach dem englischen Grafen Sandwich genannt wurde. Und das Saxofon nach dem belgischen Herrn Sax.«

Doktor Sarah setzt sich neben das Bett und ich sehe, dass Douwe Bentes Handgelenk gut festhält.

»Gab es wirklich einen Graf Sandwich?«, fragt meine Schwester noch fröhlich, aber ich beiße die Zähne schon mal zusammen.

Und dann steckt Doktor Sarah die Nadel rechts unten in Bentes Ringfinger. Ganz kurz sehe ich das Entsetzen in Bentes Gesicht und dann fängt sie an zu weinen. Ich kann hören, dass es wirklich fürchterlich wehtut.

Ohne auf das Weinen zu achten, drückt die Ärztin die Spritze langsam leer. Dann zieht sie die Nadel aus Bentes Finger und gibt ihr die zweite Spritze: unten links. Sie spritzt die Betäubung wieder im Zeitlupentempo in den Finger und zieht danach die Nadel zurück.

»Das war's.« Sie steht auf.

Bentes Gesicht ist feuerrot geworden und sie weint mit langen Schluchzern. Schockiert sieht sie Doktor Sarah an. Dass ein kalter Schlitten einem aus Versehen die Fingerkuppe abschneidet, ist eine Sache. Aber dass eine blonde Ärztin einem mit voller Absicht wehtut, ist noch mal was ganz anderes.

Douwe steht auch auf. »Ich weiß«, sagt er. »Es sind eklige Spritzen, aber jetzt wird alles nur noch besser. Ich schaue schnell, wie es eurem Vater geht, okay?«

»In einer Viertelstunde kommen wir wieder«, sagt die Ärztin. »Bis dahin hast du ein wenig Ruhe ...«

Und dann flüchten sie gemeinsam aus dem Zimmer.

16

Während ich über Bentes Locken streichele, tue ich ganz gelassen. Ich bin die große Schwester, die alles unter Kontrolle hat und die Wunden geradezu liebt. Aber eigentlich ist bei mir nur noch eine ganz dünne Schicht Gelassenheit übrig. Wie so eine brüchige Eiskruste, die nach einer Nacht Frost das Wasser bedeckt. Eine falsche Bewegung und sie reißt.

Übertrieben ruhig reiße ich eine Packung Verband auf und gebe ihn Bente als Taschentuch. Primula starrt still vor sich hin und Adam hat sich auf den Stuhl gesetzt, auf dem Papa die ganze Zeit saß und schwitzte. Möglichst weit entfernt von der Zombie-Fütterstelle. Adam sieht aus, als wolle er gerne verschwinden, wüsste aber nicht, wie er das anstellen soll.

»Wie geht's deinem Finger?«, frage ich Bente leise.

Sie schaut auf ihre Hand, die noch immer auf dem Metalltischchen liegt. Mitten in einem langen Schluchzer hört sie auf zu weinen. »Ich spüre ihn nicht mehr ...«

Sofort kommt Primula in ihrem Rollstuhl näher.

»Echt nicht normal, wie irre gut der Krankenpfleger mit den dunklen Locken aussieht«, flüstert sie aufgeregt.

In meinem Bauch fängt etwas an zu zittern.

»Du darfst ihn dir nicht schnappen«, sagt Bente. »Douwe gehört mir. Er findet Zombiefinger richtig schön cool.«

Primula fängt an zu kichern. »Keine Sorge, ich habe Doktor Wong. Und der hat meine Narbe selbst gemacht. Wenn er die sieht, kriegt er überhaupt keine Angst, sondern ist superstolz.«

In mir reißt etwas.

»Papa stirbt vielleicht!«, rufe ich laut.

Sie starren mich an.

»Was seid ihr nur für Idioten?« Meine Stimme überschlägt sich. »Ist euer Gehirn etwa auch betäubt? Papa wurde hier gerade aus dem Zimmer gerollt! Dann bespricht man doch nicht, welchen Arzt man am tollsten findet?«

»Fitz«, sagt Adam leise, »halt den Mund. Willst du, dass hier gleich fünf Ärzte auf der Matte stehen, nur weil du durchdrehst?«

»Halt doch selbst den Mund«, flüstere ich wütend zurück. »Als hättest du auch nur die leiseste Ahnung. Du traust dich doch nicht mal, deinen eigenen Bruder anzufassen. Mein Vater hat sich stundenlang vor Schmerzen gekrümmt, ohne dass wir etwas gemerkt haben. Die ganze Zeit war in seinem Bauch vielleicht eine Wunde, die blutete und blutete und blutete, während wir lauter andere Sachen gemacht haben!«

Bente fängt wieder an zu weinen. Ich weiß sicher, dass die Betäubung noch wirkt, also kann ihr nichts wehtun.

»Nur du hast andere Sachen gemacht«, sagt Adam ganz ruhig.

»Was?«

»Deine Mutter und Bente waren die ganze Zeit bei deinem Vater. Nur du warst nicht da.«

Ich trete einen Schritt zurück. Ich kann nicht glauben, dass er so was zu mir sagt.

Adam hebt die Schultern. »Du hast immer nur über deine Eltern geklagt, dass sie dich im Stich gelassen haben und so gemein sind. Ja, von der ganzen Familie ging es dir heute wirklich am allerdreckigsten ...«

Ich kriege keine Luft mehr.

Ohne ein weiteres Wort gehe ich aus dem Zimmer und renne los. Vorbei an weißen Kitteln, grauen Apparaten, wehenden Vorhängen, nervösen Stimmen, einem kreischenden Kind und einem klirrenden Wagen voller Röhrchen mit Blut. Durch die Klapptüren, quer durch die große Halle, die gläsernen Schiebetüren und dann bin ich endlich draußen und halte an, weil ich fast ausrutsche.

Keuchend schaue ich um mich.

Endlich hat es aufgehört zu schneien und die ganze Welt ist ein stumpfsinniges Märchen. Sogar die dünnsten Zweige sind weiß. Die Stadt muss verzaubert worden sein, denn man hört überhaupt nichts mehr. Kurz vor dem Eingang ist der Schnee grau und matschig, aber gleich daneben liegt er unberührt und mindestens zwanzig Zentimeter dick. Jeder Pfahl trägt auf dem Kopf ein weißes Geschwür und die Bänke für die Patienten kann man kaum noch erkennen. Wütend schlage ich mit meinem Gipsarm die Geschwüre ab.

Und dann tritt Adam durch die Schiebetüren. Er bleibt stehen und sieht mich an.

Lang und schlaksig steht er da in seiner verwaschenen Jeans und dem grauen Kapuzenpulli. Seine dunklen Haare heben sich scharf von dem vielen Weiß ab. Auf den Ärmeln seines Pullis sind Spuren von meinem Gips.

Mit einer eiskalten Hand streiche ich mir die Haare aus dem Gesicht.

»Bist du verrückt geworden?«, fragt er ganz ruhig. »Bente weint wieder und in ein paar Minuten wird sie operiert.«

»Verpiss dich doch!« Die kristallklare Luft brennt in meiner Lunge. »Als wenn du alles besser wüsstest ...«

Ich trete in den Schnee und eine Fontäne aus Pulverschnee schießt in die Höhe. »Du tust, als würde es deinen Bruder überhaupt nicht geben – wie gestört muss man dann sein? Du siehst ihn an, als wäre er ein Zombie, und du weigerst dich ihn festzuhalten. Wer also ist hier verrückt geworden?«

Adam zieht ein Feuerzeug und eine zerknickte Zigarette aus der Tasche. Während er sie anzündet, sehe ich, dass seine Hand ein klein wenig zittert.

»Wenn Benjamin bald nach Hause kommt, darfst du echt nicht mehr rauchen!«

Er inhaliert tief.

»Hoffst du, dass er stirbt?«, rufe ich. »Willst du darum nicht känguruen?«

»Noch ein einziges Wort über E. T.«, sagt er leise, »und du liegst bei Primula auf der Station.« Er sieht mich starr an. »Weißt du noch, was heute Morgen auf deinem Gesicht stand? An deiner Stelle würde ich das letzte Wort etwas weniger oft benutzen.«

Ich zittere in meinem dünnen Pulli. Seit Papa zusammengeklappt ist, muss ich immer daran denken. Wüsste ich nur sicher, dass Gott sich nicht vertan hat. Dass er nicht aus Versehen dachte, unter meiner Tigermaske stand PAPA SOLL STERBEN.

»Du bist so ein Idiot«, sagt Adam. »Ein Drittel aller Ehen zerbricht. Jeder auf der Welt weiß, dass Menschen, die heiraten, sich auch wieder trennen können. Aber du glaubst, du bist einzigartig. Dass deine Eltern sich mal was ganz Neues ausgedacht haben, extra um dich unglücklich zu machen.«

Mein Körper zittert. Nur mein Gipsarm fühlt sich stark an. Der Rest ist weich und schlapp und kann jeden Moment zusammenbrechen. Ein Mann mit einer riesigen Schürfwunde auf der Wange kommt vorbei, aber ich will gar nicht wissen, was mit ihm passiert ist.

»Du bist so unglaublich kindisch«, sagt Adam. »Deine Eltern lassen sich bestimmt nicht zum Spaß scheiden. Und auch nicht, um dir eins auszuwischen. Benimm dich doch mal normal.«

»Ach ja?«, brülle ich. »Mein Leben ist vor einer Woche unter die Räder gekommen und jetzt soll ich mich normal benehmen?« Ich schüttle den Kopf. »Hast du wirklich nicht zugehört, was ich dir alles erzählt habe?

Meine Mutter lässt sich nicht scheiden, um mir eins auszuwischen, sondern um mich los zu sein!«

Mit einem dumpfen Knall fällt das Schneegeschwür vom Parkautomaten auf den Boden.

Adam seufzt. »Das glaubst du doch nicht im Ernst? So dumm kannst du doch nicht sein?«

Ganz still stehe ich da in der Kälte. Der Schnee hat alles sauber gewaschen. Auch meinen Kopf.

Ich bin nicht dumm.

Ich weiß, dass meine Eltern nicht gedacht haben: Wir wollen unsere Kinder gern weniger oft sehen, wie stellen wir das nur an? Cool, wir lassen uns scheiden!

Aber seit heute Morgen weiß ich noch etwas anderes.

Mama und ich sind verschieden. Mein Leben lang habe ich gedacht, dass wir einander genauso gern wollen. Aber das ist nicht so. Meine Mutter vermisst etwas, wenn ich da bin. Und ich vermisse gerade etwas, wenn sie nicht da ist.

Meine Ärmel sind nass und mir ist eiskalt. Drinnen wartet Bente ohne Familie auf die erste Operation ihres Lebens. Und Adam hat endlich entdeckt, dass ich doch Recht habe. Ich bin das blödeste Mädchen, das er kennt.

Also bekomme ich eine Frikadelle von ihm.

Ohne noch was zu sagen, gehe ich rein.

17

Mein Kopf ist ein einziges Chaos. Während ich an den Computerbildschirmen mit Farbcodes und den klingelnden Telefonen vorbeilaufe, an die nie jemand rangeht, will ich nur an Bente denken. Und als das nicht klappt, versuche ich an Papa zu denken. Aber ich schaffe beides nicht. Immer muss ich an Adam denken.

Wenn man Streit mit jemandem bekommt, den man erst seit ein paar Stunden kennt, ist das natürlich das Ende. Dann können wir gar keine Freunde werden. Es ist also egal, dass Adam mich kindisch und dumm findet. Ich werde ihn nie wiedersehen.

Ich weiß nicht, wie ich schauen soll, als ich Behandlungsraum neun wieder betrete. Aber es ist sofort klar, dass das eh niemanden interessiert.

Doktor Sarah ist noch nicht da, aber Douwe ist schon wiedergekommen. Er lehnt am Bett und Bente und Primula strahlen ihn an.

Als wäre ich niemals durchgedreht. Als wäre Papa nie hier rausgeschoben worden.

»Wie geht es meinem Vater?«, frage ich sofort.

»Noch keine Neuigkeiten«, sagt Douwe. »Tut mir leid …«

Bente sieht mich kämpferisch an. »Aber er ist noch nicht tot. Das wusste Douwe wohl.« Sie streckt mir die Zunge raus. »Ätschibätsch!«

»Selbst ätschibätsch«, sage ich sofort.

Wir fangen gleichzeitig an zu lachen. Aber dann sehe ich, dass Douwe meinen weißen Arm mustert.

»Fitz?«, fragt er. »Warum hast du im Gipsraum eigentlich keine Armschlinge bekommen?«

Ich schlucke.

»Weil es eine Schande ist!«, ruft Primula. »Fitz wurde von einem Hilfsdoktor eingegipst, der auch die ganze Zeit auf ihre Sachen gekleckert hat. Als ich das zu ihm gesagt habe, ist er weinend weggerannt und Fitz saß da ohne Armschlinge.«

Douwes Augenbrauen berühren fast seine Locken, aber er sagt nichts. Aus einem Karton über dem Waschbecken nimmt er ein breites blaues Band und hängt es mir um den Hals. Ehe er sich den feuchten Gips voller Hubbel genauer ansehen kann, drehe ich mich zu Bente.

Douwe geht zur Tür. »Doktor Sarah wurde bestimmt wieder von einer tollen Wunde aufgehalten. Ich schau mal eben, wo sie bleibt.«

Als er weg ist, lasse ich meinen weißen Arm vor Bentes Kopf schweben. Schweigend zeige ich auf die beiden Kreise. Bente runzelt die Stirn und berührt den Gips. Und dann werden ihre Augen groß.

»Sie sind in dem Gips drin?«, flüstert sie. »Das ist die beste Idee ever! Aber hat der Doktor das denn erlaubt?«

Hinter mir höre ich Primula kichern.

»Du darfst es echt nicht weitererzählen«, sage ich leise, »aber der ist nicht echt. Ich hab mir den Arm gar nicht gebrochen. Adam hat mich eingegipst.«

Bente fängt an zu lachen, aber schnell wird ihr Gesicht wieder ernst. Mit ihrer Infusionshand streichelt sie über die weißen Kreise.

»Hallo, Ringe«, flüstert sie. »Wie lange müsst ihr noch im Gips bleiben?«

Sie bekommt keine Antwort.

»Tut mir leid, dass ich so spät bin!« Doktor Sarah ist wieder da. Douwe folgt ihr und ich schiebe meinen Arm schnell wieder in die Schlinge.

»Ich musste schnell noch einen Abszess aufschneiden.« Doktor Sarah klingt, als hätte sie gerade ein Geschenk ausgepackt. Sie setzt sich auf den Hocker und gibt eine durchsichtige Flüssigkeit auf ein Stück Mull.

»Bente, bist du bereit?«

»Ja, klar«, sagt Bente. »Ich bin schon seit drei Stunden bereit.«

Mit dem Mull wischt Doktor Sarah den Blutpudding weg. Bente gibt keinen Mucks von sich, aber ich merke trotzdem, wie sich mein Gesicht verzieht. So feste in einer Wunde rumzuwischen sieht einfach falsch aus.

Während der Zombiefinger immer sauberer wird, versuche ich wieder, *nicht* an Adam zu denken. So schwer kann das doch nicht sein? Ich denke schon seit zwölf Jahren und drei Wochen nicht an ihn. Und jetzt muss ich damit einfach nur noch ungefähr achtundsiebzig Jahre weitermachen.

»Ich versteh das nicht«, sagt Primula zu Doktor Sarah. »Warum benutzt Doktor Wong seinen Nachnamen und du heißt Doktor Sarah? Ist das, weil du noch so eine Art Mädchen bist?«

»Überhaupt nicht!«, sagt sie empört. Sie wischt extra feste. »Für Erwachsene bin ich Doktor Heemskerk. Aber für Kinder finde ich Doktor Sarah einfach netter.«

Primula nickt. »Ich glaube, Doktor Wong findet *Doktor Wong* einfach netter für Kinder.«

»Warum?«, fragt Bente.

»Er heißt mit Vornamen Dingbang.«

Die dunklen Blutkrusten sind alle verschwunden. Es stellt sich heraus, dass der Zombiefinger aus feuchtem, weißlichem Fleisch besteht, gelblicher Haut, einem weißen kreisförmigen Knochen und einem Stück violettem Nagel. Wenn ich tue, als wäre es eine Bastelarbeit, finde ich es großartig. Sobald mir klar wird, dass ich mir meine Schwester von innen ansehe, lässt meine Begeisterung schnell nach.

Doktor Sarah legt eine krumme Nadel mit einem blauen Faden bereit und Douwe hält Bentes Hand ruhig. Ich sehe, wie meine Schwester von innen strahlt. Ihr Finger ist betäubt, aber mit ihrer restlichen Hand kann sie noch ausgezeichnet fühlen.

Igitt.

Doktor Sarah trocknet das rot gefütterte Mützchen mit Mull ab und setzt es auf den kahlen Finger. Es passt genau.

»Wächst das wirklich wieder an?«, frage ich.

»Das hoffen wir. Bei Erwachsenen versuchen wir das erst gar nicht, da stirbt so eine Fingerkuppe sowieso ab. Aber bei einer neunjährigen Patientin stehen die Chancen gut, dass sie wieder anwächst.«

»Und wenn nicht?«

Douwe grinst. »Dann haben die Zombies wieder was zu futtern.«

Doktor Sarah näht die Fingerkuppe mit zwei Stichen durch den Nagel fest und mit zwei Stichen an der Rückseite des Fingers. Ich sehe, wie geschickt sie die Knoten legt, und presse die Hand über die Ringe in meinem Gips. Wenn Papa in seiner Werkstatt mit einem Scharnier oder einer Schwalbenschwanzverbindung beschäftigt ist, sieht er genauso aus. Ganz in seinem Element, den Kopf andächtig gesenkt, jede Bewegung sitzt.

Ich verstehe nicht, warum wir noch immer nichts von ihm gehört haben. Wie lange kann so ein Ultraschall denn dauern?

Gerade als Doktor Sarah den letzten blauen Knoten legt, klingelt Primulas Telefon. Ich weiß, was jetzt kommt. Aber die anderen sehen erstaunt zu, wie sie ihren Sträflingsanzug öffnet und das Handy von ihrem Bauch reißt. Sie meldet sich.

»Guten Tag, was kann ich für Sie tun?«

Sie ist eine Weile still und dann seufzt sie. »Genau, ich lebe also immer noch! Ja, immer mit der Ruhe – ich komme ja schon!«

Sie zieht den Reißverschluss wieder hoch und guckt sauer. »Jetzt bin ich dran. Mein Vater hat gerade auf der Station angerufen, um zu fragen, ob ich wirklich meinen dämlichen Mittagsschlaf halte. Und jetzt wissen sie da oben, dass ich gar nicht mit ihm in der Cafeteria war.« Sie zuckt die Achseln. »Ich fände es ja witzig, wenn ein Patient immer wieder entwischt. Aber die Schwestern werden nur wütend.«

Sie steht aus dem Rollstuhl auf, bleibt kurz stehen und setzt sich dann wieder hin.

»Ähm ...« Sie ist ein wenig blass. »Kann mich vielleicht jemand schieben? Es ist echt eine Schande, wie lang die Gänge hier sind.«

»Sorry«, sage ich, »ich kann Bente nicht allein lassen.«

Ich tue so, als wäre das ganz selbstverständlich. Als wäre ich eine liebe, fürsorgliche Schwester und kein egoistisches Biest.

Aber Bente winkt mich ungeduldig näher. »Komm her!« Ich halte mein Ohr ganz nah an ihren Mund.

»Ich werde jetzt nur noch verbunden«, flüstert sie, »und danach bin ich fertig. Dann sehe ich Douwe nie wieder. Aber wenn du nicht hier bist, dann bleibt er bestimmt noch ein bisschen länger. Bring Primula also weg und geh so langsam, wie du nur kannst!«

18

Natürlich gehe ich nicht langsam. Ich renne, so schnell es nur geht, ohne einen Rollstuhlunfall zu bauen. Ich habe den Arm aus der Schlinge gezogen, sonst kann ich nicht schieben. Mein Herz hämmert etwas zu schnell.

Wie lange dauert es noch, bis wir etwas von Papa hören? Was machen sie bloß mit ihm? Ich wollte, ich wäre schon Ärztin. Dann könnte ich durch jede Tür stürmen und lautstark Befehle erteilen: Ich will jetzt wissen, was los ist! Spart euch eure schwammigen Worte und erzählt einfach, wie es aussieht!

Primula hält die Nase in die Luft wie ein Hund, der aus dem Autofenster hängt. Noch ein paar Minuten ist sie frei. Dann muss sie zurück zu den kranken Kindern.

»Hast du dich wieder mit Adam vertragen?«, fragt sie. »Als du weggerannt bist und er dir nachgegangen ist … Ist jetzt wieder alles gut?«

Ich sehe mir die Bilder an der Wand an. Dreizehn verschiedene Windmühlen im Nebel.

»Es wird nicht mehr gut.«

»Aber das ist total schlimm!«

Ich zucke die Achseln. »Ich hab ihn heute zum ersten Mal gesehen. Und also auch zum letzten Mal.«

Primula dreht sich um.

»Ich dachte, ihr würdet euch schon ganz lange kennen«, sagt sie erstaunt. »Ich dachte, ich wäre heute die einzige Neue.«

Ich schüttle den Kopf. »Wir waren alle neu.«

Sie lehnt sich wieder im Rollstuhl zurück und ich sehe ihre Schultern seufzen. Dann nimmt sie das Notizbuch mit den Herzchen, das die ganze Zeit neben ihr lag. Sie hält es hoch.

»Während Adam und du mich vergessen hattet, habe ich Nachforschungen übers Sich-Verlieben angestellt.«

»Ich will nichts davon hören«, sage ich sofort.

»Aber ...«

»Hör auf!«, rufe ich. »Mein Vater liegt in einer komischen Ultraschallmaschine und ich habe keine Ahnung, was mit ihm ist. Bente und du, ihr seid beide verrückt. Wie könnt ihr Verliebtheit wichtiger finden als ein stumpfes Trauma?«

»Nicht wichtiger«, sagt Primula. *»Schöner.«*

Sie räuspert sich. »Fitz ... Du weißt nicht, wie es ist, nachts seinem eigenen Herz zuzuhören. Dass man bei jedem Herzschlag Angst hat, es könnte der letzte sein. Dass man also *live* erleben könnte, wie es aufhört. Echt, manchmal drehe ich im Dunkeln fast durch. Und weißt du, was ich dann mache?«

»Dann nimmst du eine Beruhigungspille.«

Sie schüttelt den Kopf. »Dann denke ich an Doktor Wong. Und dann drehe ich nicht mehr durch.«

Sie klappt das rosa Notizbuch auf und ich sehe Seiten voll Gekritzel.

»Ich habe zehn Leute gefragt, wie es funktioniert. Wie sie sich verliebt haben. Das ist doch clever? So finden wir bestimmt heraus, wie wir dafür sorgen können, dass sich Doktor de Gooier in Yasmine verliebt.«

Ich versuche es schon gar nicht mehr. Primula dazu zu bringen, ihren Mund zu halten, ist einfach zwecklos. Ich schiebe sie in den leeren Aufzug und drücke auf die 11. Während sich die Türen schließen, fängt sie an vorzulesen.

»Nummer eins. Meine neue Nachbarin hat mir geholfen den Apfelbaum zurückzuschneiden. Als sie mich durch die Zweige hindurch ansah, habe ich mir fast in den Finger gesägt. Sie ist nie mehr weggegangen.«

Wir fahren rauf.

»Nummer zwei. Ich habe mich in seine Stimme verliebt.

Nummer drei. Wir haben uns zusammen *Ist das Leben nicht schön?* angeschaut und am Ende mussten wir beide gleich heftig weinen.«

Wir kommen im elften Stock an und Primula drückt mit ernstem Gesicht auf die 3. »Ich finde den Aufzug immer so toll«, flüstert sie. »Zu doof, dass sie die Kinderabteilung auf die Dritte gelegt haben.« Sie schaut wieder in das Notizbuch.

»Nummer vier. Ich habe gehört, wie er mit seinem Hund geredet hat.

Nummer fünf. Sie hat mir ein Bußgeld verpasst, weil ich kein Licht am Fahrrad hatte, und ich fand es überhaupt nicht schlimm.

Sechs. Es war die Art, wie sie tanzte.

Sieben. Wir haben uns beim Bäcker um die letzte Apfeltasche gestritten und dann haben wir sie gemeinsam aufgegessen.

Acht. Auch wenn seine Witze überhaupt nicht komisch sind, muss ich über ihn lachen.

Neun. Ich hatte eine Autopanne und sie hat mir beim Radwechsel geholfen.

Zehn. Er kann mich trösten.«

Wir sind da. Die Aufzugtüren öffnen sich.

Elf, denke ich. Er saß in einem Rollstuhl im obersten Stockwerk und da fing es an zu schneien.

Ich denke es völlig aus Versehen und im selben Moment spüre ich, wie meine Wangen feuerrot werden.

»Ja und?«, frage ich verwirrt. »Soll Yasmine jetzt lachend und tanzend eine Apfeltasche durchschneiden und dann ist de Gooier verliebt?«

»Genau!«, ruft Primula. »Aber zuerst muss ich wieder mal schlafen.« Sie seufzt. »Weißt du, wie viel Zeit ich verschlafen habe, während andere Menschen *gelebt* haben?«

Ich schüttele den Kopf. Meine Wangen brennen noch immer.

Wenn es wirklich stimmt, also das, was ich gerade aus Versehen über Adam gedacht habe, dann ist es eine Katastrophe. Und ich habe das bestimmt nicht gewollt. Außerdem ist es lächerlich. Ich meine: Wir sind hier in einem Krankenhaus. Papa und Bente sind verletzt. Und das Schirmgespräch war erst vor einer Woche.

Wie viele Hinweise braucht man, um zu begreifen, dass es *lange und glücklich* nicht gibt?

Am Eingang der Kinderstation erwartet uns eine empörte Krankenschwester.

»Bist du etwa schon wieder ausgerissen?« Sie schaut seufzend zu Primula. »Ich weiß wirklich nicht, was ich mit dir machen soll …«

Sie nimmt mir den Rollstuhl ab, aber ich gehe noch nicht weg. Über die grünen Wände der Kinderabteilung tanzen lachende Tiger und Kängurus. In einem Vierbettzimmer ist nur das linke Bett am Fenster leer. Die Pinnwand über dem Kopfende hängt voller Karten und auf dem Tischchen daneben liegt ein Laptop mit einem riesigen Stapel DVDs.

Hier wohnt Primula also schon elf Tage.

Während sie schweigend ihren Sträflingsanzug gegen einen rosa Pyjama tauscht, versuche ich mir die anderen Kinder unauffällig anzusehen. Ein Junge in meinem Alter mit Glatze. Ein dunkles Mädchen mit einer Art Eisenzaun ums Bein. Ein Junge mit einem ganz schmalen Gesicht.

Mit einem tiefen Seufzer legt Primula den Kopf aufs Kissen.

»Sagst du mir, wie es eurem Vater geht?« Sie greift nach meinem Arm. »Versprichst du mir das? Kommst du noch mal wieder?«

»Ja, ich komme wieder. Aber jetzt muss ich wirklich zu Bente.«

»Fitz, warte noch mal ganz kurz!« Plötzlich sitzt sie

wieder aufrecht im Bett. »Muss man in der Fünften wieder ein Referat halten? Wie in der Grundschule?«

»Auf meiner Schule schon.«

»Darf ich dann mal ein Referat über dich halten? Und dich dann mitnehmen und meiner Klasse zeigen?«

»Hmm«, sage ich. »Ich glaube, dass sie das ein wenig seltsam finden würden.«

Primula seufzt. »Weißt du, es wird doch nicht mehr klappen, so schnell wieder normal zu werden. Das verstehe ich jetzt. Ich hätte viel früher damit anfangen sollen, aber da habe ich die ganze Zeit nur an Aortenklappeninsuffizienz gedacht. Und jetzt ist es zu spät ...«

Ich stecke den Arm wieder in die Schlaufe. »Ich glaube, es ist wirklich überhaupt nicht zu spät.«

Sie sieht mich fragend an.

»Von allen Leuten, die ich kenne«, sage ich, »bist du am allerbesten im Nicht-krank-Sein.«

Ihre grauen Augen fangen an zu glänzen. »Echt wahr?«

Ich nicke.

19

Im Aufzug stehe ich still, aber den restlichen Weg zur Notaufnahme renne ich, so schnell ich nur kann. Mit einem festen Ruck reiße ich den Vorhang von Behandlungsraum neun auf.

»Mach zu!«, ruft ein Arzt wütend.

Auf der Liege ist eine Frau mit riesigen nackten Brüsten. Sie blutet nicht, aber wenn ich Brüste hätte, die bis zum Nabel reichten, würde ich auch ins Krankenhaus gehen.

»Wo ist Bente?«, frage ich außer Atem.

Die Frau hält die Hände vor ihre Brüste, aber das hilft natürlich nicht. Sie bräuchte mindestens zehn Hände.

Der Arzt kommt zu mir und zieht den Vorhang knapp vor meiner Nase wieder zu.

»Dieser Raum ist besetzt. Geh zurück zu deinen Eltern.«

Ich schlucke. Hatte Bente etwa auch unsichtbare Wunden im Bauch? Ist sie in Ohnmacht gefallen und musste sofort in die Radiologie? Ich will mir schon furchtbare Sorgen machen, als ich ihr hohes Kicherlachen höre. Ich drehe mich um.

Sie steht neben Douwe am Kaffeeautomaten.

Ihre verbundene Hand liegt in einem Dreieckstuch und sie hat einen Kakaoschnurrbart.

»Douwe erzählt von gruseligen Doktordingen!« Sie schaut, als säße sie am Lagerfeuer. »Fitz, kennst du die Knabberzange?«

Schweigend nehme ich mir auch einen Kakao. Ich will mir echt keine Gruselgeschichten anhören, während Papa noch immer vom Krankenhaus verschluckt ist. Während mir ständig Primulas Liste mit zehn Arten, sich zu verlieben, durch den Kopf geht. Lächerlich, dass es reichen kann, jemanden tanzen zu sehen. Oder gemeinsam einen Baum zu stutzen. Oder auf der obersten Etage …

»Mit der Knabberzange schneidet man superleicht Knochen weg«, sagt Douwe fröhlich. »Letztens hatten wir hier einen Mann, der mit seinem Ehering am Geländer hängengeblieben ist, während er die Treppe herunterfiel. Als er hier ankam, war sein Finger völlig kahl. Der Ring hatte das ganze Fleisch mitgenommen und der Knochen lag völlig bloß. Tja, dann greift Doktor Sarah zur Knabberzange.«

»Echt?«, fragt Bente. »Er ist mit seinem Ehering hängengeblieben?«

Ich sehe mir die beiden Ringe in meinem Gips an und plötzlich höre ich Mamas Stimme. »Da seid ihr!«

Vom anderen Ende des Ganges rennt sie auf uns zu. Ihre glatten Haare sind ganz durcheinander und ihre Schuhsohlen quietschen auf dem Boden. Mit einer großen Bewegung schlingt sie die Arme um Bente und mich. Mein Kakao schwappt über den Rand und läuft heiß über meine Finger.

»Wo ist Papa?«, frage ich sofort.

Sie seufzt, als hätte sie gerade einen Hund überfahren, und Bentes Augen werden groß. »Ist er tot?«

»Nein, mein Schatz!« Wild schüttelt sie den Kopf. »Er wird gerade operiert.«

»Jetzt?«, frage ich.

Sie nickt. Ich versuche an ihrem Gesicht zu erkennen, wie schlimm es ist. Aber seit dem Schirmgespräch weiß ich nicht mehr, was sie eigentlich schlimm findet.

»Was ist denn nun mit seinem Bauch?«

»Das wissen sie immer noch nicht genau.« Sie schaut sich um, auf der Suche nach einem besseren Ort zum Reden.

»Nun sag schon!«, ruft Bente.

Sie räuspert sich. »Mit dem Ultraschall konnten sie nicht erkennen, wo es blutete. Darum sollte noch ein Scan gemacht werden. Aber da ist Papa bewusstlos geworden und es war plötzlich keine Zeit mehr für weitere Untersuchungen. Er musste sofort in den OP. Dort öffnen sie ihm jetzt den Bauch, um zu sehen, wo die Wunde ist. Und dann versuchen sie die Blutung zu stoppen.«

Ich höre, dass sie *versuchen* sagt. Es kommt mir wirklich wie eine sehr schlechte Idee vor, jemanden aufzuschneiden, weil man keine Wunde finden kann. Wie sucht man in einem Bauch voller Blut nach einem stumpfen Trauma? Und was passiert, wenn man die Wunde dann noch immer nicht findet?

»Kann Papa sterben?«, fragt Bente.

»Jeder kann sterben«, sage ich wütend. »Du kannst dich an deinem Kakao verschlucken. Douwe kann in einer Blutlache ausrutschen. Mama kann einen Herzinfarkt kriegen. Ich kann ...«

»Felicia, bitte ...« Meine Mutter schlägt sich die Arme um den Körper, als wäre ihr kalt.

Ich schaue zu ihr und habe keine Ahnung, was ich tun soll.

Trösten fällt weg, weil sie Papa ja eh nicht mehr haben wollte. Wenn man sein Auto verkauft und später hört, dass es nach einer Woche bei den neuen Besitzern kaputtgegangen ist, dann weint man nicht. Dann ist man gerade froh, dass man das Auto rechtzeitig weggegeben hat.

Mama sieht Douwe an. »Sind wir hier fertig?«

Er zieht einen Umschlag aus seiner Brusttasche. »Die Ärztin hat für Bente ein Rezept für Schmerztabletten ausgestellt. Und in drei Tagen kommen Sie bitte zur Nachuntersuchung.«

Er gibt Mama und mir die Hand. Und dann dreht er sich zu Bente.

Das ist ihr Abschied. Ich sehe meine Schwester zögern und ich muss an Adam im Schnee denken. Dass ich ihn jetzt nie mehr sehen werde. Dass wir ab jetzt immer Streit haben werden.

Bente schaut Douwe ins Gesicht. »Wenn du jemals genug hast von Wunden, reist du dann in meinem Hundezirkus mit?«

Er nimmt ihre linke Hand. Ganz ernst gibt er ihr einen Kuss darauf.

Ist man noch immer eine Familie, wenn die Eltern geschieden sind? Ich weiß es nicht.

Die Ärzte finden, dass wir das sind, wir müssen nämlich im *Familienzimmer* warten. Hier hat sich das Krankenhaus als Wohnzimmer verkleidet. Es gibt lila Sofas, Leselampen und einen Schrank voller Spiele. Bente läuft gleich zu dem großen Fenster, denn all die Stunden, in denen es schneite, hat sie nichts anderes als Behandlungsraum neun gesehen.

Mit offenem Mund starrt sie auf die weiße Stadt. Laternen tragen Hütchen, Dächer haben sich Decken über den Kopf gezogen, aus Autos sind Tiere geworden, die zusammengekringelt schlafen.

Ich schaue zu meiner Mutter. Sie sieht eigentlich noch so aus wie immer. Aber mit ihren Augen ist etwas anders.

Bente dreht sich um. »Wenn Papa am Leben bleibt, versucht ihr dann ganz vielleicht doch noch mal, verheiratet zu sein?«

Ich lege die Hand auf die beiden weißen Ringe im Gips.

»Nein, Schatz«, sagt Mama leise.

»Aber du willst nicht, dass er stirbt!«, ruft Bente. »Und du machst dir Sorgen! Dann liebst du ihn doch noch?«

Ich weiß genau, was sie jetzt sagen wird. Wir hören

es schließlich schon seit einer ganzen Woche: Sie hat ihn sehr gern, aber nicht mehr auf die richtige Art und Weise. Aber zu meinem Erstaunen sagt sie gar nichts. Sie schlägt die Hände vors Gesicht und fängt an zu weinen.

Bente und ich sehen uns erschrocken an. So haben wir Mama noch nie gesehen. Ihre Finger zittern und ihre Schultern sind schmal. Sie weint, als wäre alles auf der Welt für immer ganz schrecklich.

Bente rennt zu ihr und umarmt sie. Ich bleibe stocksteif stehen.

»Tut mir leid«, sagt Mama heiser. »Ich ...« Sie wischt sich die Nase mit dem Ärmel ab. »Ich habe einfach einen Schrecken bekommen.« Sie schüttelt den Kopf. »Es ist alles ein wenig viel ...«

Ich gehe in die Küchenecke und ziehe wild hintereinander alle Schränke auf.

Meinen Gips würde ich mir am liebsten vom Arm reißen und irgendwo in einen Container werfen. Was macht das Krankenhaus eigentlich mit all den Beinen, die sie amputieren, und mit all den alten Fingerkuppen, die doch nicht mehr anwachsen? Da gehört mein Gips mit den Ringen auch hin.

Aber ich zerre nicht an meinem Gips und ich suche auch keine Schere, weil ich nicht ohne Rüstung sein kann. Ich fülle den Wasserkocher und streiche Krankenhausnutella auf Krankenhauscracker. Bei jeder Bewegung denke ich *nicht* an Papa und *nicht* an Adam.

Ich denke nicht an unsichtbare Wunden.

Ich denke nicht daran, wie kindisch und dumm Adam mich findet.

Ich denke nicht daran, wie er STERBEN von meiner Wange geschrubbt hat.

20

Wir schauen fern. Oder tun immerhin so als ob.

Wie haben Primulas Eltern es bloß ausgehalten während ihrer Herzoperation? Haben sie auch Tütensuppe aus Micky-Maus-Bechern getrunken und mussten sie ständig zur Toilette, obwohl sie gerade erst waren?

Bente liegt mit dem Kopf in Mamas Schoß und ist eingeschlafen. Ich sitze auf dem anderen Sofa und starre auf irgendein blödes Kochprogramm. Ein Mann, der bestimmt ADHS hat, macht Soße. Mit einem riesigen Messer hackt er auf zehn enthäutete Tomaten ein.

Ich versuche mir zu überlegen, was im Bauch alles bluten kann. Die Leber. Die Nieren. Aber was gibt's da noch? Kann der Darm bluten? Der Magen? Ich habe keine Ahnung.

Der ADHS-Mann stürzt sich mit einem Stabmixer auf die Tomatenstücke. Der Saft spritzt zu allen Seiten aus dem Topf und er muss schallend lachen.

Ohne es zu wollen, denke ich wieder daran, was ich Adam draußen entgegengeschrien habe. Dass er vielleicht hofft, sein Bruder würde sterben.

Und plötzlich wird mir eiskalt.

Zum ersten Mal an diesem Tag frage ich mich, warum Adam eigentlich im Krankenhaus war. Yasmine und Doktor de Gooier hatten ihn nicht erwartet und seine Eltern waren weit weg zu Besuch bei seiner Oma. Adam hätte genauso gut zu Hause bleiben können. Aber er war hier. In demselben Gebäude wie sein kleiner Bruder.

Er saß dort im obersten Stockwerk und hielt Wache. Und ich habe das überhaupt nicht kapiert.

Ich kratze die letzten Nudelreste aus meinem Becher und schaue zu Mama. Die Zackenränder in meiner Brust reiben gegeneinander.

»Wenn Papa stirbt …«, flüstere ich.

»Das passiert nicht!«, sagt sie sofort.

»Wenn er stirbt«, wiederhole ich, »dann hast du Bente und mich für immer. Dann kannst du nie mehr du selbst sein.«

Sie starrt mich an.

»Ich habe dich gehört«, flüstere ich. »Heute Morgen, in Papas neuer Wohnung. Du hast gesagt, du würdest dich auf die Tage ohne uns freuen. Du hattest schon ein ganzes Programm mit schönen Sachen ohne Familie zusammengestellt. Cocktails trinken, Fernsehserien schauen, eklige Sachen essen …«

Sie bewegt sich nicht, weil Bente noch immer auf ihrem Schoß schläft. »Das hast du gehört?«

Ich nicke. »Darum hatte ich die Wörter im Gesicht.«

Zwischen uns liegen nicht mehr als drei Meter, aber es fühlt sich an wie die halbe Welt. Wenn es auf anderen Planeten Mädchen gibt wie mich, dann weinen sie in diesem Moment. Ich bin die Einzige, die sich beherrschen kann.

»Fitz …«, sagt Mama endlich. »Weißt du, was ich heute Morgen gemacht habe? Nachdem ich euch zu Papa gebracht hatte?«

»Für den Marathon trainieren.«

»Ja, aber erst habe ich mir eine Stunde lang Fotos angeschaut. Von Bente und dir. All eure Geburtstage und unsere Urlaube in Schweden und das eine Mal, als ihr den ganzen Flur mit Fingerfarbe beschmiert hattet … Ich saß weinend vor dem Computer und das ging einfach nicht. Ich meine: Ich kann nicht jeden Donnerstag, Freitag und Samstag den ganzen Tag weinen! Also bin ich joggen gegangen …«

Ich bleibe still.

»Es war total blöd von mir, dass ich Papa gegenüber mit meinen vielen Plänen angegeben habe! Aber ich wollte mir einfach nicht anmerken lassen, wie schrecklich ich es finde, dass es jetzt so viele Tage ohne Bente und dich geben wird …«

»Das sagst du immer, wenn ich dabei bin!«, flüstere ich wütend. »Aber zu Papa hast du gesagt, dass du ohne uns endlich wieder du selbst sein kannst. Das hatte nicht nur mit ihm zu tun, sondern auch mit uns!«

»Es hatte mit *mir* zu tun«, sagt sie leise. »Es klang richtig gemein, das verstehe ich. Aber ich meinte damit, dass ich nicht nur Mutter bin, sondern auch noch vieles andere …«

Ich ziehe die Augenbrauen hoch. »Bist du etwa auch ein Laternenpfahl?«

Sie seufzt. »Ich bin mir sicher, dass du mich verstehst, wenn du selbst zweiundvierzig bist. Aber bis dahin dauert es noch eine ganze Weile …«

»Das dauert Jahrhunderte! Dann muss ich also dreißig Jahre lang mit MAMA SOLL STERBEN im Gesicht rumlaufen.«

Ihre Miene verzieht sich und ich schaue zu Boden. Im Hintergrund brummt ununterbrochen die Klimaanlage. Im Krankenhaus kann man kein einziges Fenster öffnen und darum müssen Tag und Nacht Maschinen für frische Luft sorgen. Sonst ersticken wir.

»Fitz«, sagt sie, »versuch einmal es dir vorzustellen.« Ihre Stimme klingt ernst. »Es gab mich schon eine ganze Weile, ehe ich Mutter wurde. Ich war jemand. Jeden Abend und jedes Wochenende konnte ich genau das tun, was ich wollte. Ich konnte essen, was ich wollte, und schlafen, wann ich wollte. Und ja, das war schön. Also wäre ich manchmal schon gern einen Tag lang fünfundzwanzig.«

»Pff«, mache ich. »Ich will auch gern genau das tun, was ich will, und den ganzen Tag Chips essen und erst um Mitternacht schlafen gehen.«

Sie nickt. »Aber angenommen, jetzt käme ein Zauberer zu mir und sagte: Du darfst es dir aussuchen. Du kannst wieder fünfundzwanzig sein und ganz frei, aber dann lernst du Joost niemals kennen und du bekommst Fitz und Bente nicht. Oder du sitzt hier, im

Krankenhaus. Zweiundvierzig Jahre alt, frisch geschieden, deine jüngste Tochter gerade operiert und deine älteste Tochter wütend, weil du sehr dumme Sachen gesagt hast. Weißt du, was ich dann wählen würde?«

Ich weiß es plötzlich so sicher, wie ich nur ein paar Dinge auf der Welt weiß. Aber ich will, dass sie es sagt. Ich will, dass all die anderen Mädchen auf all den anderen Planeten aufhören zu weinen.

»Und?«, frage ich.

Sie sieht mich an. Ihre Augen sind gar nicht mehr anders. Es sind ihre eigenen Augen – die Augen, die auch ich habe.

»Ohne auch nur eine Sekunde zu zögern, würde ich sagen: »Ich will das. Hier. Jetzt. Weil der Gedanke, dass es Bente und dich nicht gibt, unerträglich ist.«

Im Fernsehen wird ein Apfelkuchen gebacken. Ein ganz besonderer, den man mit der Kruste nach oben in den Ofen schiebt und erst im allerletzten Moment umdreht. Und dann sieht man plötzlich einen Kreis aus lauter glänzenden Apfelstückchen in Karamell.

21

Die Tür des Familienzimmers öffnet sich.

Eine Frau in Dunkelgrün steht da. Sie hat nackte Arme, trägt weiße Pantinen und auf dem Kopf eine hellgrüne Haube, die ihre gesamten Haare bedeckt. Diese Frau kommt direkt aus dem OP, so viel steht fest.

Sie sieht Mama an. »Frau Nieuwenhuis?« Sie klingt nicht traurig und auch nicht froh. Sie klingt vor allem wie die Chefin.

Ich sehe meine Mutter eine Sekunde zögern. So heißt sie jetzt nicht mehr. Aber zum Glück nickt sie doch. »Ja?«

Die Frau in Grün kommt zu uns und Bente rappelt sich schläfrig hoch. Mama steht schnell auf und gibt der Frau die Hand.

»Ich bin Doktor Mertens, die Chirurgin, die Ihren Mann operiert hat. Es ist alles gut gegangen.«

Sie ist absichtlich einen Moment still. Damit wir alle begreifen, was sie gesagt hat.

Es ist gut gegangen.

»Im Moment wird die Wunde zugenäht und dann kommt Ihr Mann auf die Intensivstation.«

»Wie ...« Meine Mutter räuspert sich. »Was ...«

»Durch den Unfall ist seine Milz gerissen«, sagt

Doktor Mertens. »Erst war die Blutung nur schwach, weil sich die Milz in einer Kapsel befindet – in einer Art Tüte. Aber als die Kapsel auch riss, hat er immer mehr Blut verloren. Wir haben die Milz jetzt entfernt und danach war er schnell wieder stabil.«

»Aber jetzt hat er keine Milz mehr!«, ruft Bente.

»Was ist eine Milz denn?«, frage ich.

Doktor Mertens schaut uns an. Es ist offensichtlich, dass sie Wunden sehr viel interessanter findet als Kinder, aber das ist mir egal. Für mich ist sie die coolste Frau, die ich je gesehen habe. Dieser grüne Chirurgenanzug, die selbstsichere Stimme – so will ich auch werden.

»Die Milz liegt links oben im Bauch und äh …« Sie zieht die Augenbrauen zusammen. Sie muss die Ärztegeheimsprache erst in normale Menschensprache übersetzen. »Die Milz tut allerlei Gutes fürs Blut, aber man braucht sie nicht unbedingt. Wenn die Milz also reißt, versuchen wir nicht, sie wieder zu nähen. Dann nehmen wir sie einfach raus.«

Sie sieht Mama an. »Wenn Ihr Mann auf der Intensivstation angekommen und wieder bei Bewusstsein ist, dürfen Sie zu ihm. Eine Krankenschwester holt sie gleich hier ab. Haben Sie noch Fragen?«

Mama schüttelt den Kopf. Ihre Augen glänzen.

Als Doktor Mertens weg ist, umarmen wir uns wortlos. Ich schlinge meine Arme um Bente und Mama und die beiden legen ihre Arme um mich. Ich spüre, dass meine Mutter in meine Haare schnieft, und plötzlich denke ich: Vielleicht ist Papa doch nicht wie ein Auto, das sie verkauft hat, sondern eher wie ein Hund.

Stell dir vor, du hast einen Hund, den du sehr lieb hast. Aber eines Tages musst du ihn trotzdem weggeben. Und stell dir vor, dieser Hund wird krank, wenn er erst eine Woche woanders wohnt. Natürlich machst du dir dann schreckliche Sorgen. Und natürlich bist du wahnsinnig froh, wenn es dem Hund wieder besser geht.

»Jetzt können wir endlich ein Spiel spielen, aus dem Schrank da!«, ruft Bente. »Oder? Jetzt brauchen wir nicht mehr traurig hier rumzusitzen und zu warten …«

Mama fängt an zu lachen. »Such dir nur eins aus.«

Bente schaut zu mir. »Fitz? Welches willst du?«

Ich bleibe ganz still stehen, denn plötzlich weiß ich, was ich will.

Erst war Bentes Operation am wichtigsten. Dann Papas Operation. Aber jetzt schwappt es wie eine Welle über mich: Ich muss Adam finden.

An die Liste mit Arten, sich zu verlieben, denke ich nicht. Darum geht es jetzt nicht. Es geht um das, was ich Adam im Schnee zugebrüllt habe. Auch wenn ich ihn danach nie mehr sehe, muss er wissen, dass ich es endlich verstehe. Dass er die ganze Zeit durch das Krankenhaus geirrt ist, um ein wenig bei Benjamin zu sein.

»Nimm nur ein Spiel für zwei Personen«, sage ich zu Bente. »Ich muss noch was erledigen.«

»Wirklich?«, fragt Mama. »Willst du jetzt schon wieder von uns weg?«

Ich sehe sie an. »Was du da gerade eben erzählt hast. Dass es dich schon dreißig Jahre gab, ehe du Mutter geworden bist. Dass du da jemand warst.«

Sie wartet, bis ich weiterrede.

»Vorhin, mit Adam und Primula ... da war ich auch jemand anders. Und damit bin ich noch nicht fertig. Ich muss noch was erledigen.«

Ich brauche nicht darüber nachzudenken, wo ich zuerst nach Adam suche: Ich nehme den Aufzug zur obersten Etage. Ich habe keine Ahnung, ob Adam überhaupt noch im Krankenhaus ist. Aber ich muss es auf jeden Fall versuchen.

Die Aufzugtüren öffnen sich und dieses Mal hoffe ich, dass da ein Junge im Rollstuhl sitzt und wartet. Aber der hohe Gang ist leer.

Ich gehe zum mittleren Fenster und presse die Stirn an das kalte Glas. Hier hat es begonnen. Hier habe ich ihn zum ersten Mal gesehen. Draußen fängt es langsam an zu dämmern, aber die Laternen sind noch nicht an. Ich denke an Papa, der in diesem Moment seinen eigenen Reißverschluss bekommt. Ich denke an Yasmine, die in Doktor de Gooier verliebt ist, der dreizehn war, als sich seine Eltern scheiden ließen.

Ich reibe über die Ringe unter meinem Gips und ich weiß es nicht mehr. Wäre es besser gewesen, wenn Papa und Mama sich nie verliebt hätten? Wären Bente und ich lieber nicht da?

Vielleicht ist das Blödeste, dass wir alle immer so tun

als ob. Als ob alles für ewig wäre. Als ob alle für immer ineinander verliebt blieben. Denn dann ist es danach umso schlimmer. Dann hat man schon so viele Lügen erzählt und so viele Dinge gedacht, die gar nicht stimmen.

Vielleicht sollte man in die Ringe einfach *J + S für jetzt* eingravieren.

Oder *Für immer J + S* mit Kreide auf den Gehweg schreiben. In nassen Sand. Oder in frisch gefallenen Schnee.

Ich stelle mich gerade hin.

Nummer elf. Er saß in einem Rollstuhl im obersten Stockwerk und da fing es an zu schneien.

Ich blicke auf die weiße Welt und in meiner Brust bewegt sich etwas. Die Zackenränder berühren sich. Versuchen herauszufinden, wie sie einmal zusammengepasst haben.

Plötzlich weiß ich, was ich mache.

Ich drehe mich um und gehe zum Aufzug zurück. Ich muss ganz nach unten. Schnell durch die große Halle, an dem Blumenladen mit den glänzenden Luftballons vorbei, am Andachtsraum. Durch die Drehtür nach draußen.

Ein eiskalter Wind weht. Die graue Dämmerung macht die Luft noch schärfer. Und meine Winterjacke liegt noch immer zwischen den Umzugskartons bei Papa.

Schnell schaue ich, ob Adam vielleicht unter dem Vordach steht und raucht. Nein. Nur eine Frau an einem Tropfständer und ein Mann mit einem Bein sind so verrückt in der bitteren Kälte hier zu rauchen.

Auf dem Gehweg liegt Salz, das aus dem Schnee einen matschigen Brei gemacht hat. Ich gehe weiter, bis ich nicht mehr im Licht des Eingangs stehe, und schaue mich um. Vor dem Krankenhaus ist ein Kreisverkehr und daneben ein breiter Gehweg. Aber weiter rechts liegt eine weite Fläche. Vielleicht war es mal ein Rasen, aber jetzt ist es der Traum jeder Schulklasse. Was man da für eine Schneeballschlacht veranstalten könnte! Jede Schneeflocke liegt noch an ihrem Platz, kein einziger Fußabdruck ist sichtbar in dem Weiß.

Ich nehme den Arm aus der Schlinge, gehe an der Seite des Feldes entlang zur hinteren, linken Ecke und mache mich an die Arbeit. Der Schnee knirscht großartig unter meinen Füßen. Die erste Handvoll Schnee brennt in meinen Fingern. Trotzdem muss ich lachen. Ich forme einen dicken Schneeball und fange an zu rollen. Mein Gips ist unpraktisch, aber es geht. Adam hat meinen Ellbogen zum Glück nicht mit eingepackt, also kann ich den Arm noch beugen.

Ich stapfe genau in die Schneeballspur, sonst verderbe ich die großartige Fläche. Für die ersten beiden Buchstaben muss ich extra viel hin und her rollen, damit sie dick genug werden. Und nach sieben Buchstaben ist der Schneeball so groß, dass ich ihn keinen Zentimeter mehr vorwärtskriege. Ich fange mit einem neuen an.

Ganz allein mühe ich mich auf dem riesigen Feld ab. Ich verstehe nicht, wie Schnee in der Dämmerung so glänzen kann, aber genau das tut er. Ich bin völlig außer Atem und durchgefroren und gleichzeitig spüre ich meinen schweißnassen Rücken und ein unbezwingbares Lachen in der Brust. Ich mache die Buchstaben so groß, dass kein Passant sie lesen kann – aber das soll auch niemand können.

Ich bin ein klein wenig verrückter als heute Morgen, aber noch längst nicht so verrückt, dass ich in einem weißen Kleid für alle meine Freunde eine Vorstellung geben würde. Da ist mir eine stille, weiße Fläche kurz vor Einbruch der Dunkelheit lieber.

Irgendwann keuche ich dermaßen, dass ich eine kurze Pause einlegen muss. Ich stemme die Arme in die Seiten, drücke den Rücken durch und schaue auf das Krankenhaus hinter mir. Ein Riesengebäude, das im Schnee steht wie ein strahlendes Schloss. Alle Stockwerke sind erleuchtet und hinter all diesen Fenstern warten Menschen darauf, zu erfahren, ob sie mit dem Leben weitermachen dürfen. Ob sie damit weitermachen dürfen sich zu verlieben und Umzugskisten auszupacken und Cocktails zu trinken und Arzt zu werden und sieben Kindern und mindestens hundert Hunden Tricks beizubringen …

Ich mache auch weiter. Das wichtigste Wort kommt noch.

Als ich endlich fertig bin, fallen mir fast die Zehen und Finger ab. Ich streiche mir die Haare aus dem Gesicht und sehe mir noch ein letztes Mal die Buchstaben an, die gar nicht zu lesen sind. Dann gehe ich wieder rein.

22

In der großen Halle sehen die Leute mich an, als käme ich von einem anderen Planeten. Meine Schuhe und Hosenbeine sind durchweicht und meine feuerroten Finger glühen wie verrückt. Sie tun jetzt viel mehr weh als gerade eben im Schnee, aber sei es drum. Ich muss Adam finden.

Er ist also nicht auf der obersten Etage. Er steht auch nicht draußen und raucht, er sitzt nicht auf der Bank vor dem Buchladen und er ist auch nicht in der Cafeteria. Mir bleibt nichts anderes übrig: Ich werde Yasmine fragen, ob sie ihn gesehen hat. Vielleicht hat er ja bei Benjamin vorbeigeschaut, ehe er nach Hause gegangen ist.

Das Krankenhaus ist jetzt viel stiller als heute Morgen. Ich habe den Aufzug für mich allein und die Frau am Tresen von Benjamins Abteilung ist verschwunden. Ich kenne eines der Babys hier persönlich und ich habe die Windpocken schon gehabt, also kann ich einfach weitergehen, finde ich. Aber bevor ich den Pausenraum erreiche, stoße ich mit Doktor de Gooier zusammen.

»Bist du noch immer hier?«, fragt er erstaunt. Sein Blick fällt auf meine nassen Hosenbeine und den ausgefransten weißen Arm in der Schlinge. »Hast du einen Unfall gehabt?«

»Äh, ja …« Ich wünschte, meine Haare würden so glänzen wie seine. Es ist wirklich ungerecht, dass ein Mann dermaßen schöne Haare haben darf. »Wissen Sie, wo Adam ist?«

Er nickt und mein Herz fängt sofort an schneller zu klopfen.

»Ist er schon nach Hause?«, frage ich. »Ich muss ihn sprechen, weil …«

»Du kannst nicht mit ihm sprechen«, sagt de Gooier sofort. »Komm mit!«

Bestimmt wirft er mich in einen leeren Aufzugschacht, aber trotzdem folge ich ihm. Wir gehen an einem Mann und einer Frau vorbei, die im Gang stehen und leise weinen. Sie haben die Arme umeinander geschlungen und wiegen sich langsam hin und her. Hinter der nächsten Ecke sehe ich die graue Tür von Benjamins Fabrik.

»Muss ich mir die Hände waschen?«, frage ich schnell.

De Gooier schüttelt den Kopf. »Du darfst nur durchs Fenster schauen.«

Auf Zehenspitzen gehe ich zu der Tür. Ich schaue ins Zimmer und fühle mich wieder wie gerade eben im Schnee: als würde ich für immer hierbleiben wollen.

Ich habe ihn gefunden.

Adam sitzt zurückgelehnt in einem weichen Sessel. Seine Haare hängen ihm in der Stirn und seine Arme und Schultern sind nackt. Und auf seiner Brust liegt

Benjamin. Nur das blaue Mützchen und ein winziges Näschen mit Sauerstoffschlange lugen unter der Decke hervor, die ihn warm halten soll.

Adam hat die Arme um sein Brüderchen gelegt und schaut es sich still an. Nicht, als würde er einen Zombie sehen, sondern so wie man sich ein Tier ansieht, das man noch nie in Wirklichkeit gesehen hat. Man begegnet ihm zum ersten Mal und denkt: Weißt du was? Du könntest glatt mein Lieblingstier werden.

»Eigentlich dürfen nur Väter und Mütter känguruen«, sagt de Gooier über meinem Kopf. Er schaut auch durch das längliche Fenster. »Aber für Adam haben wir eine Ausnahme gemacht.«

»Weil seine Eltern im Schnee feststecken?«

»Weil wir hier auf der Station genug hatten von seinem Essigtopfgesicht. Es gab nur eine einzige Lösung: Er musste seinen Bruder kennenlernen.«

Ich sehe kurz zu dem Arzt und dann schnell wieder zu Adam. Ich hoffe, er wird uns nie entdecken, damit ich ihn für immer anstarren kann. Oder nein – natürlich nicht für immer. *Für jetzt* meine ich.

»Ist känguruen echt gut für Babys?«, frage ich leise.

De Gooier nickt. »Auf jeden Fall. Menschen brauchen nicht nur Sauerstoff und Essen, sondern auch Liebe.«

Ich drücke meinen Gipsarm gegen den Bauch.

»Ärzte dürfen nur wahre Dinge sagen«, flüstere ich empört. »Dinge mit Beweisen, meine ich. Keine Unsinndinge über die Liebe.«

Er schaut zu der Roboterwiege und lächelt.

»Das *ist* wahr. Ich kann dir mindestens hundert wissenschaftliche Artikel zeigen. Und es ist nicht nur gut für die Babys, sondern auch für die Eltern. Die müssen ihr Kind festhalten können.«

Ich sehe Benjamins durchsichtiges Händchen aus der Decke krabbeln und halte die Luft an. Ganz vorsichtig berührt Adam es. Die winzigen Finger schließen sich um seinen kleinen Finger und alles Gleichgültigkeitstraining war umsonst.

Seine Eltern haben vor einer Woche einen zweiten Sohn bekommen. Und Adam hat von diesem Moment an einen Bruder.

Ich höre Schritte hinter uns und drehe mich schnell um.

»Yasmine!«

Sie ist noch genauso schön wie heute Morgen, aber sie sieht müde aus. Schweigend wäscht sie sich die Hände und reibt sie danach mit Sterillium ein.

»Verzeihung«, sagt sie höflich. Ohne de Gooier oder mich anzusehen, betritt sie die Intensivstation.

Sobald die Tür zugefallen ist, stellen wir uns wieder vor das Fenster. Als wären wir Kindergartenkinder, die wissen wollen, wie der Nikolausbesuch in der anderen Gruppe abläuft.

Adam und Yasmine reden, aber wir können sie nicht verstehen. Ich frage mich, wen Doktor de Gooier ansieht. Seinen winzigen Patienten? Adam? Oder Yasmine?

Einen halben Meter über meinem Kopf höre ich ihn summen.

»Das Lied kenne ich«, sage ich erstaunt. »Wie geht das noch mal?«

»You're the one that I want, oh oh ooh«, singt er leise. »Ich habe es schon den ganzen Tag im Kopf. Keine Ahnung, woher ich das habe.«

Ich kann kaum still stehen, weil ich es nämlich sehr wohl weiß. Primulas Liste mit zehn Arten, sich zu verlieben, tanzt mir noch immer durch den Kopf. Und plötzlich habe ich einen Plan.

»Komm«, sagt Doktor de Gooier, »wir gehen. Yasmine legt Benjamin jetzt zurück in den Brutkasten und dabei brauchen sie keine Neugiernasen.«

Über meinem Kopf fängt er wieder an zu summen.

An der Tafel mit den Babynamen warte ich auf Adam. Meine Hände schwitzen, mein Herz rast, meine Zehen sind Eisklumpen und ich zupfe die ganze Zeit an der Watte unter meinem Gips rum. Auf dem Boden vor meinen Füßen liegt schon ein Riesenhaufen.

Als Adam endlich kommt, hat er natürlich all seine Sachen wieder an. Ich habe mir mindestens fünfundzwanzig Dinge ausgedacht, die ich sagen möchte, und jetzt habe ich alle fünfundzwanzig vergessen.

Er bleibt stehen, verschränkt die Arme vor der Brust.

»Ich weiß es schon«, sagt er kurz angebunden.

Sofort spüre ich, wie meine Wangen glühen. »Es gibt nichts zu wissen!«

»Ach nein? Yasmine hat selbst gesehen, dass de Gooier und du mir nachspioniert habt.«

»Oh«, sage ich. *»Das.«*

»Ja«, sagt er. »Das!«

»Sorry.« Ich schaue auf den Boden und denke an alles, was ich ihm entgegengeschrien habe. »Für äh … alles Mögliche.«

Er zieht die Augenbrauen hoch. »Sorry für alles Mögliche?«

»Ja, das sage ich doch?«

Er lacht leise und ich schaue auf.

»Spinner«, sage ich.

Er lacht noch lauter. »Habe ich das richtig verstanden, dass dein Vater noch lebt? Weil du Zeit hast, hier herumzuspionieren …«

»Er wurde operiert. Und jetzt wird er wieder gesund.«

»Das ist gut.«

Während wir gemeinsam zu den Aufzügen gehen, schaue ich vorsichtig zur Seite. Ich muss mich wieder ganz neu an ihn gewöhnen.

»Hat sich Benjamin sehr unheimlich angefühlt?«, frage ich leise.

»Ein wenig.« Er schiebt die Hände in die Hosentaschen. »Er ist so elendig klein. Aber Yasmine hat ihn gerade gewogen und er war vierzig Gramm schwerer als gestern.« Er versucht gleichgültig zu schauen, aber das klappt nicht mehr. »Vierzig Gramm, das ist ein echter Rekord!«

Die Türen des Aufzugs öffnen sich. Ein leerer Kubus, der überall hinfahren kann, erwartet uns.

Ich schaue zu Adam und ich weiß, dass meine Mutter das hier meinte. So fühlt es sich an, jemand zu *sein*. Und vielleicht, wenn ich zweiundvierzig bin, sehne ich mich mal nach heute zurück. Natürlich nicht in echt, weil ich dann Chirurgin ohne Hin-und-her-Tasche sein werde. Und auch nicht nach dem Unfall. Aber wohl nach diesem Augenblick.

»Ich hab einen Plan«, sage ich, während ich in den Aufzug steige. »Ich weiß, wie wir de Gooier verliebt machen können.«

»Häh? Ich denke, du springst lieber in einen Vulkan!«

»Heute nicht.«

Er sieht mich an und ich wollte, ich hätte meine Tigermaske noch auf. Es fühlt sich an, als würden die Wörter, die ich in den Schnee geschrieben habe, meterhoch auf meiner Stirn stehen.

»Aber wie erklärst du das später ihren Kindern?«, fragt Adam. »Denk doch mal nach! Wenn Yasmine und de Gooier sich scheiden lassen, was sagst du dann ihren Kindern?«

Die Aufzugtüren schließen sich.

»Dann sage ich, dass sie sich bei mir bedanken dürfen. Denn ohne mich würde es sie überhaupt nicht geben.«

23

Schon wieder gehen Adam und ich getrennte Wege. Aber dieses Mal nur kurz.

Schnell laufe ich durch die Gänge, denn wir haben nicht mehr viel Zeit. Die Tagesschicht für das Pflegepersonal ist fast vorbei und dann geht Yasmine nach Hause. Aber ehe wir meinen Plan ausführen können, muss ich noch mal zurück ins Familienzimmer. Ich muss wissen, ob Papa schon wach ist.

In den dunklen Fensterscheiben sehe ich mich selbst vorbeilaufen. Die verschneite Welt ist hinter spiegelndem Glas verschwunden und das Krankenhaus wirkt unendlich groß. Ich habe keine Ahnung, ob es draußen vor unserem hell erleuchteten Schloss noch Staus gibt. Oder wie viele Schneemänner heute wohl gebaut worden sind. Wie viele Schneeballschlachten stattgefunden haben. Aber eigentlich ist es mir auch egal. Heute ist die Welt hier.

»Da bist du ja endlich!«, ruft Bente, als ich ins Zimmer komme. Auf dem langen Tisch vor dem Fernseher liegen Rummikub-Steine und es riecht nach neuer Tütensuppe. »Wir durften schon vor einer Viertelstunde zu Papa.«

»Echt?«, frage ich. »Ihr seid schon bei ihm gewesen?«

»Natürlich nicht!«, sagt Mama. »Wir dürfen ihn nur ganz kurz sehen. Dann gehen wir doch nicht ohne dich!«

Sie sagt es, als würden wir noch immer zusammengehören. Während sie die leeren Becher ins Spülbecken stellt, starre ich auf ihre neuen Schuhe. Ich dachte, ich würde die Regeln auf dem Planeten Gemeinsames Sorgerecht inzwischen alle kennen. Ich wusste Bescheid über die beiden Wohnungen, den Wochenplan, die Hin-und-her-Taschen. Und ich hatte gelernt, dass wir uns ohne einander verletzen. Aber es gibt noch Zusatzregeln. Regeln, die während des Schirmgesprächs niemand erwähnt hatte.

In Behandlungsraum neun lesen einem beide Eltern etwas vor.

Wir dürfen noch immer im Familienzimmer aufeinander warten.

Und wenn man nach einer Operation aufwacht, stehen alle zusammen ums Bett herum.

Die Intensivstation ähnelt dem kahlen Raum, in dem Benjamin liegt. Bloß stehen hier keine Roboterwiegen, sondern zwei große Krankenhausbetten. Und dieses Mal besuche ich kein fremdes Baby, sondern meinen eigenen Vater.

Auf Zehenspitzen schleichen wir hinter der Krankenschwester her.

»Er wird von der Narkose noch ein wenig benommen sein«, sagt sie leise.

Papa liegt flach auf dem Rücken und hat die Augen geschlossen. Sein Haar ist verwuschelter denn je und er trägt ein blaues Hemd, das nicht seins ist. In seiner Hand steckt eine Kanüle.

Bente greift nach meinem Arm und ich sehe Mama zögern. Sie hat sich natürlich noch nicht an all die brummenden und piepsenden Maschinen neben dem Bett gewöhnt. Und sie wird später auch nicht Ärztin.

Leise stelle ich mich neben Papa. Sein Gesicht ist blass und er scheint ganz tief zu schlafen.

»Papa?«, flüstere ich. »Kannst du mich hören?«

Langsam öffnen sich seine Augen. Er sieht mich und lächelt vorsichtig.

»Felicia!« Er räuspert sich. »Oh, nein, du hattest ja eine Mail geschickt ... Du heißt jetzt Fitz.«

Ich nicke. Vorsichtig nehme ich seine Hand.

»Ich dachte, du würdest sterben!«, flüstert Bente.

Wieder lacht er schläfrig. »Ach was ... Wir müssen den Schlitten doch noch ausprobieren?«

Sie nickt. »Du müsstest es mal sehen, da draußen. Alles ist weiß. Echt, der beste Schnee, den es je gab.«

»Joost, tut es sehr weh?«, fragt Mama leise.

»Es geht.«

Sie sehen sich an und ich habe keine Ahnung, was sie denken. Vielleicht weiß ich das, wenn ich zweiundvierzig bin. Oder vielleicht ist es dann auch egal.

»Papa ...«, flüstere ich. »Wenn du dich wirklich nicht daran gewöhnen kannst, darfst du weiterhin Felicia sagen.«

Seine Hand bewegt sich kurz. »Ich glaube schon, dass ich mich an Fitz gewöhnen kann.«

Als wir die Intensivstation verlassen haben, ziehen Mama und Bente ihre Jacken an.

»Äh ...« Ich bleibe stehen. Ein Arzt auf roten Crocs rennt an uns vorbei, aber zum Glück läuft er nicht in Papas Richtung.

»Eigentlich«, sage ich, »bin ich hier noch nicht ganz fertig.«

Mama seufzt. »Liebling, wir sind alle erschöpft. Und Bentes Betäubung lässt nach, wir wollen jetzt wirklich nach Hause!«

»Ihr könnt ja schon vorgehen«, sage ich schnell. »Aber ich muss noch einen Arzt und eine Krankenschwester zusammenbringen.«

»Echt?«, fragt Bente. »Machst du's doch? Primula hat davon erzählt. Sie wollte supergerne helfen, aber sie sagte, dann würdest du in einen Vulkan springen.«

Mama zieht die Augenbrauen zusammen. »Was sind das denn für gruselige Sachen, das mit dem Vulkan?«

Ich gebe keine Antwort.

»Ich verstehe es auch nicht so ganz«, sagt Bente. »Aber wir durften auf keinen Fall über Verliebtheit reden, sonst würde Fitz in einen Vulkan springen. Und wenn sie jemals heiraten muss, springt sie auch in einen Vulkan.«

Mama schaut mich an. Ich sehe an ihrem Gesicht, dass sie es versteht. Sie weiß, warum ich springen wollte.

»Dürfen Primula und ich mitmachen?«, fragt Bente. »Dürfen wir beim Verliebtmachen helfen?«

Ich nicke.

Meine Schwester zieht den Arm aus dem Dreieckstuch und schlingt die Arme um meine Mutter. »Mama, dürfen wir bitte, *bitte* einen Doktor und eine Krankenschwester zusammenbringen?«

Meine Mutter sieht mich noch immer an. »Das klingt nach einem ziemlich verrückten Plan.«

»Das ist es auch«, sage ich. »Aber die ganze Zeit machen alle möglichen Leute Sachen, die ziemlich verrückt sind.«

Sie zieht den Reißverschluss ihrer Jacke hoch und dann wieder runter.

»Fitz …« Sie zögert. »Meinst du nicht, sich verlieben ist etwas, das Menschen selbst tun müssen?«

»Sie werden es auch selbst tun. Aber wir helfen ein kleines bisschen nach. Heimlich, so dass sie es gar nicht merken.«

»Und du springst auch nicht in einen Vulkan?«, fragt meine Mutter. »Denn eigentlich wäre es mir sehr lieb, wenn du das nicht tun würdest …«

Ich fange an zu lachen. »Nein, ich springe nicht in einen Vulkan.«

»Zum Glück«, sagt Mama.

24

Wir stehen zu viert im Aufzug. Während Bente und Primula sich darüber beraten, ob sie den Hundezirkus vielleicht gemeinsam führen könnten, sieht Adam mich an.

»Bist du bereit?«

»Nein«, sage ich. »Aber wir machen es trotzdem.«

Ich habe Primula gerade alleine von der Kindersta- tion abgeholt. Als ich mit dem leeren Rollstuhl in ihr Zimmer trat, strahlte sie, als würde ich sie aus einem brennenden Haus retten.

»Da«, rief sie zu der Frau, die an ihrem Bett saß, »das ist also Fitz! Sie sieht doch genauso aus, wie ich sie beschrieben habe? Und ich hab dir doch gesagt, sie würde noch kommen?«

Ich schaue zu der Frau mit den weichen grauen Augen. Primula war gerade eben erst wieder gesund geworden, bestimmt wollte ihre Mutter nicht, dass sie jetzt schon wieder auf Achse ging. Aber da hatte ich mich getäuscht.

Die Frau, die genau die gleichen Schmetterlingshände hatte wie Primula, sagte mindestens zehn Mal, wie schön sie es fand, dass ihre Tochter mich gefunden hatte. Und dann umarmte sie mich auch noch. Einen

Moment lang befürchtete ich, sie wollte vielleicht bei ihrer Arbeit auch ein Referat über mich halten, aber zum Glück sagte sie nichts davon.

Wir kommen im fünften Stock an und die Aufzugtüren öffnen sich.

Bente und Primula bleiben im Aufzug stehen, aber Adam und ich steigen aus. Ich fühle mich neu. Als hätte ich nicht nur einen neuen Namen, sondern auch ein neues Stück Gehirn. Oder ein neues Stück Herz.

Natürlich weiß ich, dass es nie was wird zwischen Adam und mir. Er ist fünfzehn und sieht toll aus und er raucht und er hatte vier Ungenügend auf dem letzten Zeugnis. Ich bin zwölf und habe Schnittlauchlocken und ich finde Zigaretten widerlich und außerdem will ich Ärztin werden, also werde ich all die Jahre auf dem Gymnasium eine nervige Streberin sein.

Aber im Moment ist das alles egal. Wir gehen nämlich zusammen durch das Labyrinth aus Fluren und Treppen und wir kennen jetzt beide den Weg. Ich brauche mich nicht mehr zu fragen, ob ich jemals so lange neben einem so gut aussehenden Jungen hergegangen bin, denn die Antwort lautet *Ja*. Heute Morgen erst.

Auf Benjamins Station angekommen geht Adam in die eine und ich in die entgegengesetzte Richtung. Das gehört zum Plan.

Ganz allein gehe ich zum Pausenraum. Im Türrahmen bleibe ich stehen, weil drinnen viel mehr los ist, als ich erwartet hatte. Sechs Krankenschwestern und

-pfleger sitzen um den Tisch und das Tablett mit den Sahneschnittchen ist längst leer.

»Yasmine …«, sage ich. Die Gespräche stocken und ich räuspere mich. »Ich möchte dich was fragen.«

Sie bleibt sitzen.

»Bitte?«, frage ich.

Sie seufzt. Und dann schaut sie die Frau neben sich an. »Wir sind hier fertig, oder?«

Die Frau nickt und Yasmine kommt zu mir. Im leeren Gang bleibt sie stehen. Sie stemmt die Hände in die Hüften und versucht streng zu schauen. »Du willst mir doch nicht erzählen, du brauchst wieder mal Sterillium, oder?«

Schnell schüttle ich den Kopf. »Ich schreibe mir nichts mehr aufs Gesicht, versprochen. Du hast doch jetzt frei?«

Sie nickt. »Wir haben gerade Schichtwechsel gemacht. Jetzt weiß der Abenddienst, was heute alles passiert ist.« Sie hält den Kopf schräg. »Fitz, was willst du?«

»Im dritten Stock wartet ein Mädchen im Rollstuhl auf dich. Sie ist traurig und ich weiß genau, dass du ihr helfen kannst.«

Yasmine sagt nichts.

»Dieses Mal hat es nichts mit irgendwelchen Krankenhaussachen zu tun. Und es macht auch keine Ärzte sauer.«

Sie seufzt. »Es sollten auch besser keine Ärzte mehr sauer werden, denn dieser eine Arzt ist es immer noch.

Das hast du doch selbst gesehen? Als ich zu den Babys auf die Station ging, hat er mich vollkommen ignoriert.«

Ich nehme ihre Hand und gehe los. Sie wehrt sich kurz, aber dann lässt sie sich doch mitziehen. Die Station ist wie ausgestorben. Die Babys mit ihren Hutzelgesichtchen schlafen in ihren Roboterwiegen. Jede Stunde nehmen sie ein paar Gramm zu. So lange, bis sie echte Brüderchen und Schwesterchen sind, die Schlitten fahren können und Fußball spielen und zelten und reden.

»Yasmine«, flüstere ich, »alles wird wieder gut.«

»Wird es nicht, nicht bei mir«, sagt sie sofort.

»Doch! Das ist es ja gerade … Bei einem Drittel der Menschen wird nicht alles wieder gut. Aber bei zwei Dritteln wohl. Und für heute ist das unglückliche Drittel schon voll.«

Ich drücke die schweren Klapptüren zum Treppenhaus auf und schaue über das Geländer. »Primula?«

»Jaha!« Ihre Stimme hallt durch alle elf Stockwerke.

Schnell gehen wir nach unten. Auf der dritten Etage warten sie auf uns, genau wie wir es abgemacht haben. Primula sitzt im Rollstuhl, Bente steht daneben.

Mein Blut rauscht. Ich habe keine Ahnung, ob mein Plan gelingt, denn eigentlich weiß ich noch immer nicht, wie Verliebtheit funktioniert. Aber ich will es auf jeden Fall versuchen, schließlich hat Yasmine mir heute Morgen auch geholfen.

»Das ist Primula«, sage ich. »Unter dem Sträflingsanzug hat sie eine riesige Narbe von einer Herzoperation. Und das ist meine Schwester Bente. Heute Morgen hatte sie noch zehn Fingerkuppen, dann nur noch neun und jetzt sind es wieder zehn.«

Yasmine sieht uns alle drei erstaunt an. »Ich verstehe immer noch nicht …«

»Es ist so«, sage ich. »Primula geht bald zum ersten Mal seit einem halben Jahr wieder zur Schule.«

»Ja! Und gleich in der ersten Woche werden die Rollen für das Schulmusical verteilt und ich möchte so gerne mitmachen.«

Ich stelle mich neben den Rollstuhl. »Sie kann sehr gut singen, aber als ihr Herz geleckt hat, konnte sie nicht so viel üben, dann bekam sie keine Luft mehr. Und jetzt hat sie Angst vor dem Vorsingen.«

Primula seufzt. »Bestimmt lachen mich die anderen Kinder aus, weil ich jeden Tag einen Mittagsschlaf halten muss. Und Fitz meint, es sei ziemlich seltsam, dass ich ein Referat über sie halten will. Na ja, das ist mir egal, das mache ich einfach trotzdem. Aber wenn sie hören, dass ich gut singen kann, dann …« Sie sieht Yasmine flehend an. »Dann kann ich auch etwas, was nicht seltsam ist.«

Die Krankenschwester sagt nichts. Sie schiebt sich eine Haarsträhne übers Ohr, so dass man nicht sehen kann, dass es absteht.

»Ich habe dich heute Morgen gehört«, sage ich leise zu ihr. »Als wir auf dem Weg zum Sterillium waren, da hast du total toll gesungen. Wenn du Primula nun dieses Lied beibringst, dann kann sie das fürs Vorsingen nehmen.«

»Es war doch ein Lied aus *Grease*?«, fragt Primula. »Ich habe den Film mindestens zehn Mal gesehen, die Melodie kann ich also schon ein bisschen. Ich meine: Ich bin kein ganz hoffnungsloser Fall …«

»Und hier!« Bente wedelt mit zwei Blättern. »Wir haben den Text ausgedruckt. Sicherheitshalber.«

Still schaut Yasmine von dem Mädchen im Rollstuhl zu Bentes verbundener Hand. Und von der Hand in dem Dreieckstuch schaut sie zu mir. Und dann fängt sie an zu lachen.

»Mir spukt das Lied schon den ganzen Tag durch den Kopf, also will ich es gerne endlich singen!« Sie geht zum Treppengeländer, schaut erst hinauf und dann nach unten. »Wollt ihr hier proben?«

Wir nicken alle drei gleichzeitig.

»Hier ist eh keiner«, sagt Bente.

»Und die Akustik ist klasse«, sage ich.

»Wir warten hier schon eine Weile«, sagt Primula, »und die ganze Zeit ist niemand vorbeigekommen. Das ist echt perfekt. Wir können so laut singen, wie wir wollen.«

25

Bente und ich sitzen nebeneinander auf der Treppe. Der graue Beton ist kalt und plötzlich spüre ich wieder, wie feucht meine Schuhe noch immer sind. Unter dem Gips juckt mein Arm und die blöden Ringe liegen dort einfach, ohne wieder gesund zu werden. Aber im Moment ist mir das alles egal, weil ich zuhöre.

Ich lausche mit meinen Ohren und Augen und Lippen und Haaren – ja, sogar mit meinen eiskalten Zehenspitzen.

Primula und Yasmine stehen sich gegenüber. Beide halten sie ein Blatt mit dem Text in der Hand und immer abwechselnd singen sie einen Teil des Liedes. Ihre Stimmen schallen durch das Treppenhaus und ich weiß nicht, ob ich jemals so etwas Schönes gehört habe.

Sie haben ein paarmal leise geübt und jetzt singen sie aus vollem Hals. Primula hat eine Hand auf ihren Reißverschluss gelegt. Ihre Augen glänzen.

To my heart I must be true …

You're the one that I want

Oh oh oooh!

Ihre Stimme ist klar und platzt fast vor Freude. Sie singt jedes englische Wort genau so, wie es sein sollte. Aber wenn man sie kennt, hört man dahinter ihr ganzes

Leben: *Hurra für Doktor Wong, ich habe eine neue Herzklappe! Fitz und Bente sind meine Freundinnen und nach dem Wochenende darf ich nach Hause. Lass die Schule nur kommen, ich bin nicht mehr krank!*

Und dann ist Yasmine wieder an der Reihe. Ich sehe, wie Bente zu den Ringen in meinem Gips schaut, und lege ihr den Arm um die Schultern. Wir sitzen auf halber Höhe der Treppe, damit wir Primula und Yasmine nicht ablenken.

Und damit ich heimlich die Etage darüber im Auge behalten kann.

»Schön, was?«, flüstert meine Schwester.

Ich nicke. Wenn Yasmine singt, ist sie keine schüchterne Krankenschwester mehr. Sie ist ein Superstar. Ihre Stimme ist voll und warm, mit einem rauen Rand, der etwas in meinen Hinterkopf rieseln lässt. Wenn ich ein Baby in einer Roboterwiege wäre, würde ich allein schon deshalb am Leben bleiben. Einfach um diese Stimme öfter hören zu können.

Plötzlich kommt ein leises Geräusch von oben. Ganz kurz nur, dann ist es wieder still.

Ich schaue rauf und sehe Adam und Doktor de Gooier im vierten Stock stehen. Es hat geklappt! Ich weiß nicht, welche Ausrede sich Adam hat einfallen lassen, aber er hat de Gooier hierhergelockt.

Ich muss wieder an Primulas Liste denken mit den unterschiedlichen Arten, sich zu verlieben. Im Krankenhaus gibt es keine Autos, also war es unmöglich, Yasmine ein Rad wechseln zu lassen. Es gibt hier keinen

Apfelbaum zum Stutzen, keinen Hund, mit dem man sprechen könnte, und auch keine traurigen Filme, die man sich zusammen anschauen kann.

Aber etwas gibt es: einen Doktor und eine Krankenschwester, die beide dasselbe Lied im Kopf haben.

»Wollen wir es noch ein Mal singen?«, fragt Primula unten an der Treppe. Yasmine muss lachen. »Ich bin mir ganz sicher, dass die Kinder aus deiner Klasse total beeindruckt sein werden.«

Primula runzelt die Stirn. »Sagst du das jetzt, weil ich eine leckende Herzklappe hatte?«

Yasmine schüttelt den Kopf. »Ich sage das, weil es so ist.«

Während sie wieder anfangen zu singen, schaue ich heimlich nach oben. Doktor de Gooier lehnt am Treppengeländer. Er steht reglos da und lauscht. Ich habe ihn noch nie so ernsthaft schauen sehen.

Und dann, als *you're the one that I need, oh yes indeed* durch das Treppenhaus schallt, stellt er sich aufrecht hin. Mein Herz hämmert wie wild. Langsam geht de Gooier nach unten. Adam hält ihn natürlich nicht davon ab – das wäre auch unmöglich. Wenn Gott die Treppe heruntersteigen will, dann tut er das. Sogar im Neonlicht glänzen seine blonden Haare. Als lägen winzige Schneeflöckchen auf seinem Kopf. Er ist fast an der Treppenbiegung angelangt und jetzt sieht Bente ihn auch. Sie kneift mich aufgeregt in den Arm, aber ich sage nichts.

Adam geht hinter dem Doktor her und hebt den

Daumen. Ich rühre mich nicht, weil ich will, dass Yasmine möglichst lange weitersingt.

Aber dann sieht sie ihn.

Mitten im Wort hört sie auf. Ihr Mund ist noch kurz offen, ohne dass ein Ton herauskommt, und dann klappt sie ihn zu. Sofort ist der Superstar verschwunden. Unten an der Treppe steht jetzt ein superschüchternes Mädchen mit knallroten Wangen.

Dokter de Gooier fängt ganz alleine an zu klatschen. Das Geräusch seiner Hände hallt durch elf Stockwerke. Und dann hört er auf.

Yasmine starrt zu Boden. Ich sehe, wie sie ihre Finger ineinander verknotet. Aber als niemand etwas sagt und keiner sich bewegt, schaut sie endlich auf. Ihre Wangen brennen, aber sie hat die Augen weit offen. Doktor de Gooier schaut zurück und es ist, als säßen sie zusammen in einer Schneekugel. Sie sehen nur einander.

Ich spüre einen Kloß im Hals, weil ich an Papa und Mama denken muss. Haben sie sich früher auch so angeschaut?

»Wow«, sagt Primula mit einem tiefen Seufzer. »So schön habe ich wirklich noch nie gesungen!«

Endlich geraten alle wieder in Bewegung. Adam geht an Doktor de Gooier vorbei nach unten und Bente und ich stehen schnell auf. Während de Gooier Stufe für Stufe näher zu Yasmine kommt, schiebe ich Bente vor mir her und Adam drückt Primula in den Rollstuhl.

»Sollen wir das Lied jetzt noch mal alle zusammen

singen?«, fragt Primula. Ihre Augen glänzen noch immer.

»Nein«, flüstere ich, »wir gehen.«

Ich halte die Klapptür auf und Adam schiebt den Rollstuhl raus. Bente folgt ihnen. Während ich durch die Tür gehe, schaue ich mich schnell noch einmal um. De Gooier ist endlich unten angekommen. Er steht dicht vor Yasmine und berührt ihre Wange. Und dann fällt die Tür zu.

26

Plötzlich ist es ganz seltsam.

Ich dachte, wir würden Primula alle zusammen zurück zur Kinderstation bringen, aber Adam kommt nicht mit. Er will zu Benjamin, um zu schauen, ob seine Eltern schon aus dem Schnee aufgetaucht sind. Natürlich verstehe ich, dass er ab und an dort vorbeisehen muss, schließlich ist sein Telefon kaputt. Aber ich verstehe nicht, warum es plötzlich so schnell gehen muss. Er sagt, dass er jetzt geht, hebt die Hand zu einer Art Tschüs und dann ist er weg.

»Aber...«, sage ich.

Ich spreche nicht weiter. Ich schaue ihm nach und kann es kaum glauben.

Das war es also. Jetzt ist es vorbei.

Während ich den Rollstuhl schweigend durch die Gänge schiebe, schwatzen Primula und Bente ausgelassen um die Wette. Ich glaube, sie denken, sie haben eben ihre eigene Krankenhausserie gemacht. Eine, in der alle Ärzte noch lange und glücklich Wunden zunähen und Arme eingipsen. Und singen. Und Herzklappen austauschen.

Ich sehe mir die lachenden Tiger auf den Wänden der Kinderstation an und seufze tief. Habe ich für Yasmine und Doktor de Gooier nun etwas Schreckliches getan? Oder etwas Großartiges?

Gerade als sie in ihrer Schneekugel waren und sich ansahen, konnte ich ihre Gedanken fast hören. *Unsere Kugel wird niemals zerbrechen*, versprachen sie einander. *Das Glas bleibt heil, das Wasser verschwindet nie und der Schnee wird für immer rieseln.*

Jetzt verstehe ich also, warum Menschen auf der ganzen Welt immer wieder so verrückt sind und heiraten. Sie denken alle, dass sie zu den Glücklichen gehören. Von neunhundert Brautpaaren lassen sich dreihundert wieder scheiden. Aber während sie zum Altar schreiten, sind alle neunhundert Paare davon überzeugt, dass sie zusammenbleiben werden. Andere vielleicht nicht. Aber sie wohl.

Man kann diese Menschen dumm nennen.

Man kann auch sagen, dass sie *keine Angst* haben. Sie haben keine Lust, ewig im Wartezimmer sitzen zu bleiben, also versuchen sie es einfach. Sie leben.

»Fitz!« Bente rüttelt an meinem Arm. Ihre Wangen sind rot und ihre Locken tanzen. »Primula hat dich jetzt schon fünf Mal gefragt, ob wir sie noch mal besuchen kommen.«

Ich räuspere mich. »Wir sind doch morgen wieder hier, um Papa zu sehen? Natürlich gehen wir dann auch zu Primula!«

Als wir das Sträflingsmädchen bei ihrer Mutter zurückgelassen haben, ist es plötzlich ganz still im Gang. Aus den offenen Türen zwischen den lachenden Tieren höre ich vage das Klappern von Besteck. Es ist Essenszeit für die Patienten. Und auch schon fast für uns.

»Wie geht's dem Zombiefinger?«, frage ich Bente leise.

Sie bleibt stehen. »Der tut weh.«

Sie greift nach meinem weißen Arm und schaut auf die Ringe. Mit der linken Hand streicht sie darüber.

»Weißt du was«, sage ich plötzlich, »du darfst meinen Gips haben.«

Ich habe schon so viel Watte herausgepult, dass ich den Panzer einfach abstreifen kann. Er sieht komisch aus, so ohne Mensch. Und mein eigener Arm wirkt dünner als sonst, nur mit einem weißen Socken darum.

Ich streife Bentes linken Ärmel hoch und ziehe ihr die weiße Rüstung an. Der Gips ist zu weit, aber es sieht schon ziemlich echt aus. Ein paarmal schwenkt sie den Arm zufrieden hin und her, aber dann hält sie inne.

»Das ist nicht praktisch. Ich kann doch keine zwei Dreieckstücher tragen?« Sie gibt mir den Gipsarm zurück. »Hebst du ihn auf?«

Ich sehe mir den schmutzigen, ausgefransten Gipsverband an und schüttle den Kopf.

»Ich brauche ihn nicht mehr. Er kommt in den Abfall.«

»Aber was machen wir mit den Ringen?«, fragt Bente. »Die haben echt genug davon, im Gips zu stecken. Und es hilft ja doch nicht.«

Ich seufze. Ohne es zu wollen, denke ich an Adam.

Fängt das schon wieder an? Noch achtundsiebzig Jahre darf ich nicht an ihn denken. Und das gilt nur, wenn ich mit neunzig Jahren sterbe. Vielleicht werden alle hundertdreißig, wenn ich alt bin.

Bente schaut besorgt. »Ich lege Mamas Ring aber nicht zurück! Ich will nicht, dass er zwischen den Gummibändern und kaputten Stiften liegt.«

»Von mir aus kannst du sie haben«, sage ich.

Sie schüttelt sofort den Kopf. »Ich will sie nicht. Meine Hin-und-her-Tasche ist sowieso schon zu schwer.«

Während wir langsam weitergehen, denken wir nach. Und dann fängt meine Schwester plötzlich an zu kichern. Sie nimmt mir den Gipsarm aus den Händen und hält ihn wie ein Schwert in die Höhe. »Ich weiß es! Wir geben die Ringe einfach Yasmine und Doktor de Gooier.«

Ich starre sie an.

»Das ist genau richtig«, sagt sie. »Wir wollen sie nicht. Und Papa und Mama brauchen sie nicht mehr.«

Es dauert eine Weile, bis ich wieder was sagen kann.

»Echt?«, frage ich dann. »Du glaubst, Papa und Mama brauchen sie nicht mehr?«

Sie seufzt. »Das glaubst du doch auch?«

Ich nicke.

»Okay«, sagt sie, »dann machen wir das. Gibst du sie ihnen? Ich muss jetzt wirklich zu Mama, um zu schauen, ob sie meine Schmerztabletten schon geholt hat.«

27

Mit der ausgefransten Rüstung in der Hand gehe ich zu einer leeren Stuhlreihe. Am Tresen von Primulas Abteilung habe ich um eine Schere, einen Stift und einen Briefumschlag gebeten.

Ich setze mich hin und lege den Gips auf meinen Schoß. Wenn ich ihn jetzt in Stücke schneide, muss ich meiner Mutter gleich erklären, dass mein Arm eigentlich doch nicht gebrochen war. Hoffentlich versteht sie, dass das *gute* Neuigkeiten sind. Dass es mir wieder gut geht.

Vorsichtig fange ich an zu schneiden. Ich will nicht daran denken, dass es Adam war, der mir diesen Gips um den Arm gewickelt hat. Die Rüstung ist zäh, aber mit der Schere komme ich doch durch. Weißes Puder wirbelt auf meine Hose und den Fußboden. Ich komme mir nicht vor wie ein ungezogenes Kind, sondern wie eine Ärztin. Eine echte.

Die Schere hinterlässt einen roten Abdruck auf meinem Daumen, aber ich schneide weiter. Heute Morgen, auf der obersten Etage, dachte ich, es sei mutig, in einen Vulkan springen zu wollen. Nicht mitzumachen. Aber vielleicht ist es mutiger, es einfach zu versuchen. Was immer auch geschieht.

Ich schneide knapp an den Ringen vorbei und kann sie danach ganz leicht aus dem Gips lösen. Wie Pillen, die man aus der Folie drückt. Ich ziehe mir den Ärmel über den Finger und putze das Gold, bis alle weißen Spuren verschwunden sind.

Da liegen sie dann, auf meiner Hand. Ich wünschte, ich gehörte zu den Kindern von den glücklichen zwei Dritteln, die wohl zusammenbleiben. Ich wünschte, ich könnte etwas daran ändern. Aber so funktioniert das nicht.

Ich schiebe die Ringe über meinen Daumen und nehme den Umschlag. Den leeren Stuhl neben mir benutze ich als Unterlage. In meiner schönsten Schrift schreibe ich:

Für Yasmine und Doktor de Gooier

Passt auf, dass ihr nicht hängenbleibt.

Schritte nähern sich. Schnell drehe ich den Umschlag um und schiebe den Gips unter den Stuhl. Mit den Fingern bedecke ich die Ringe. Und dann kommt Adam um die Ecke.

Ich dachte, ich würde ihn nie wiedersehen. Wenn man so achtlos Tschüs sagt, wie er es getan hat, will man den anderen nicht zum Freund haben.

Aber er ist zurückgekommen.

»He, Fitz«, sagt er ruhig. »Du dachtest natürlich, du wärst mich jetzt los. Aber meine Mutter hat gesagt, ich müsste nachschauen, ob du noch hier bist.« Er seufzt. »Ja, ja, die Eltern sind aus dem Schnee zurückgekehrt.«

Ich räuspere mich. »Und Yasmine und de Gooier?«

Er grinst. »Die sind nirgends zu finden. Niemand auf der Station weiß, wo sie sind …« Sein Blick fällt auf den weißen Puder auf meiner Hose und er zieht die Augenbrauen zusammen. »Was machst du hier eigentlich?«

Ich hole den entzweigeschnittenen Gipsarm unter dem Stuhl hervor und halte meinen doppelt verheirateten Daumen in die Höhe. »Yasmine und de Gooier bekommen ein Geschenk.«

Ohne etwas zu sagen, greift Adam nach meiner Hand. Er zieht den oberen Ring von meinem Daumen und sieht sich die Innenseite an.

»Du bist verrückt«, sagt er leise.

Ich sehe mir den Ring in seinen Händen an. Er rollt ihn zwischen seinen Fingern hin und her und schüttelt dann den Kopf.

»De Gooier und Yasmine nehmen sie bestimmt nicht an.«

»Das hatte ich mir auch schon gedacht.« Ich nehme den Umschlag. »Da kommen die Ringe rein. Ich klebe ihn zu und gebe ihn dann beim Pförtner ab.«

»Schreibst du einen Absender darauf?«

Ich schüttle den Kopf und Adam fängt an zu grinsen. »Ihre Gesichter würde ich zu gerne sehen, wenn sie den Umschlag öffnen …«

Ich schaue zu Boden. Yasmine und de Gooier dürfen die Ringe haben und ich hoffe wirklich, dass sie für immer zusammenbleiben. Aber ich brauche es nicht zu sehen. Das Schirmgespräch war erst vor einer Woche.

»Was hast du da gerade gesagt?«, frage ich Adam. »Dass deine Mutter dich geschickt hat?«

»Das war natürlich nur ein Witz«, sagt er sofort. »Ich lass mir nichts sagen. Aber gut, sie will dich morgen so irre gerne kennenlernen. Ich muss dich aber warnen. Möglicherweise drückt sie dich tot.«

»Warum sollte sie das tun?«, frage ich erstaunt.

Er zuckt die Schultern. »Die Krankenschwestern haben ihr alles erzählt, was heute passiert ist. Und jetzt denkt sie, du bist schuld daran, dass ich das mit dem Känguruen gemacht habe.«

Ich sitze ganz still. Das habe ich heute schon einmal erlebt. Das Gefühl, dass jemand mein Herz anfasst.

»Aber wie …« Ich verstumme.

»Das ist natürlich Unfug«, sagt er locker. »Ich sagte doch schon, dass ich mir nichts sagen lasse? Aber na ja, plötzlich fiel mir ein, dass du nur die Nummer von meinem kaputten Telefon hast. Und das ist eigentlich doch zu blöd …«

Ich sage nichts. Er gibt mir den Ring zurück und geht zum Fenster. Noch ein letztes Mal schaue ich zu den funkelnden Ringen. Dann stecke ich sie in den Umschlag und klebe ihn zu.

»Okay, ich bin fertig.« Ich stehe auf.

Adam gibt keine Antwort. Er schaut nach draußen, also kann ich nur seinen Rücken sehen. Er hat die Hände in die Hosentaschen gesteckt und bewegt sich nicht.

»Adam? Bleibst du da stehen?«

»Nicht so ungeduldig«, sagt er. »Ich genieße die Aussicht.«

Ich lasse den Gips liegen und gehe zu ihm. Aber noch ehe ich das spiegelnde Fenster erreicht habe, weiß ich plötzlich, was er sich ansieht. Schwindlig halte ich inne.

Es gibt nichts auf der Welt, was ich tun kann. Ich habe kein Radiergummi so groß wie ein Auto. Und Sterillium hilft hier auch nicht. Ich überlege, ob ich mich umdrehen und wegrennen soll, aber dann verrate ich mich selbst. Es gibt nur eine einzige Lösung: Ich muss tun, als wäre das alles ganz normal.

Ich stelle mich neben ihn.

Die Kinderabteilung ist auf der dritten Etage, also sehen wir nur ein kleines Stück von der Welt. Links ist der große Kreisverkehr vor dem Krankenhauseingang. Der salzige Asphalt glitzert im Schein der Laternen. Und rechts von unserem Fenster liegt das gigantische Schneefeld, das der Traum jeder Schulklasse war – bis ich kam.

Es ist wirklich noch hunderttausend Mal schlimmer, als ich erwartet hätte. Vor ein paar Stunden, als es gerade zu dämmern anfing, war das Feld fast unsichtbar gewesen. Aber jetzt wird es von vier Mega-Scheinwerfern angestrahlt. Eine halbe Sekunde denke ich noch: Wow, das ist echt gut gelungen! Und dann denke ich: Gäbe es hier doch nur einen Vulkan zum Reinspringen.

»Sieh dir mal an, was da steht«, sagt Adam fröhlich. Er zeigt auf die riesigen Buchstaben im Schnee:

HEUTE BIN ICH IN ADAM VERLIEBT

»Siehst du das?«, fragt er. »Jemand hat ›Heute bin ich in Adam verliebt‹ in den Schnee geschrieben.«

»Ich bin nicht blind«, sage ich wütend. »Natürlich sehe ich das.« Meine Wangen glühen. »Echt schade um den Schnee.«

Er wirft mir einen Seitenblick zu, aber ich starre immer noch auf die Buchstaben.

»Ich bin gespannt, wer das geschrieben hat«, sagt er. »Vielleicht bin ich ja auch in sie verliebt.«

»Bestimmt nicht«, sage ich.

Er schaut mich noch immer von der Seite an. »Das kann man nie wissen, oder?«

Ich gebe keine Antwort.

»Tja«, sagt Adam, »ich finde das auf jeden Fall cool.«

Ich schaue auf meine Schuhe, die noch immer feucht sind.

»Da steht *heute*«, sage ich. »Hast du das gesehen? Und heute ist ja schon fast vorbei.«

»Aber morgen bin ich hier wieder«, sagt er. »Und dann gehe ich zufällig kurz zum Fenster und dann lese ich: ›Heute bin ich in Adam verliebt‹. Und dann denke ich: Mann, ist das cool.«

Ich balle die Fäuste.

»Morgen ist der Schnee mit Sicherheit weg. Dann steht da überhaupt nichts mehr.«

»Meinst du?« Er hält das Gesicht dicht ans Glas und legt die Hände um seine Augen. »Ich sehe total viele Sterne, es ist also klar. Kein Neuschnee im Anzug. Und es friert schon den ganzen Tag, also bleibt der Schnee heute Nacht sicher liegen.«

Er stellt sich gerade hin.

»Tut mir leid für dich«, sagt er munter, »aber die Wörter stehen da morgen immer noch.«

Er schaut mich wieder an und ganz kurz schaue ich zurück. Wir sitzen nicht in einer stillen Schneekugel mit wirbelnden Flöckchen, sondern in einem schwindelerregenden Schneesturm.

»Du kannst es morgen selbst sehen«, sagt er. »Du besuchst deinen Vater morgen doch bestimmt, oder?«

»Natürlich.«

Er nickt zufrieden. »Tja, ich schwirre hier morgen auch wieder rum. Und dann merken wir es von selbst. Ob die Wörter da noch stehen. Und ob es dann wieder *heute* ist.«

Ich spüre, wie der Sturm um uns herumrast. Ich habe keine Ahnung, was morgen geschieht. Aber plötzlich denke ich: Soll es heute Nacht ruhig frieren. Von mir aus dürfen die Buchstaben da stehenbleiben.